当代伝奇／かすれる声

立花　涼

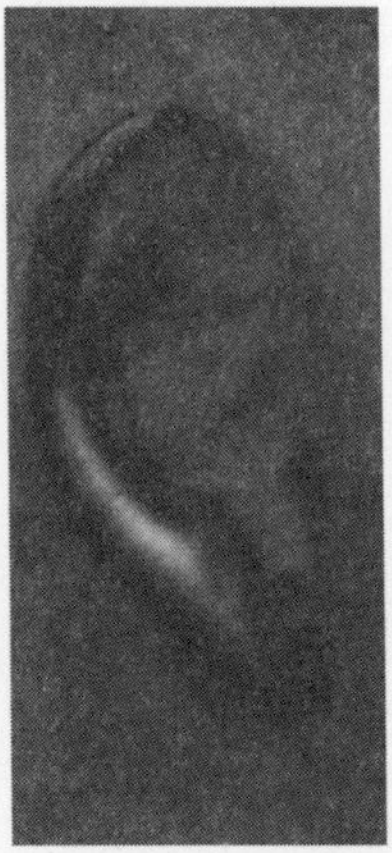

萌書房

関　連　地　図

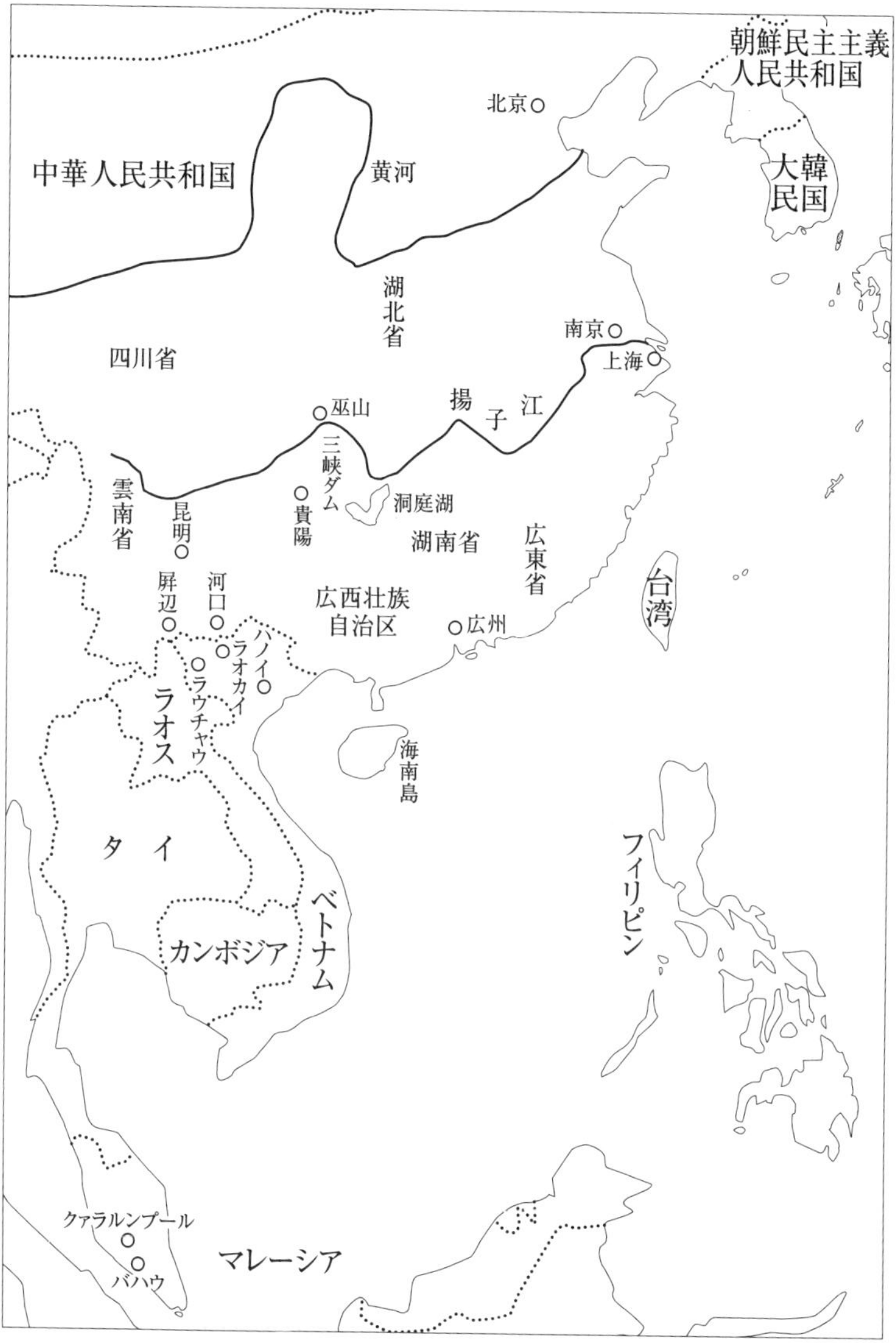
朝鮮民主主義人民共和国
北京
中華人民共和国
黄河
大韓民国
湖北省
南京
四川省
上海
巫山
揚子江
三峡ダム
雲南省
昆明
貴陽
洞庭湖
湖南省
広東省
屏辺
河口
広西壮族自治区
広州
台湾
ハノイ
ラオカイ
ラウチャウ
ラオス
海南島
タイ
フィリピン
ベトナム
カンボジア
クァラルンプール
バハウ
マレーシア

中国史略年表

西暦	王朝名	出来事
五十万年前頃		北京原人が現れる
前四〇〇〇頃		ヤンシャオ文化期
二三〇〇頃		ロンシャン文化期（この頃、夏王朝成立?）
一六〇〇頃	殷	殷王朝成立
一〇五〇頃	周	周王朝成立
七七〇頃	春秋時代	
五五〇頃		老子・孔子、生まれる
		この頃『尚書』『詩経』『論語』成立?
四〇三頃	戦国時代	この頃、荘子、生まれる
三五〇頃		屈原の『楚辞』成る?
二二一	秦	秦の始皇帝、天下統一
二〇九		陳勝・呉広の乱
二〇二	前漢	劉邦により、漢王朝成立（前漢）
一一一		南越国を滅ぼす
後　九一		司馬遷『史記』を著す
二五	後漢	劉秀により、後漢王朝成立

一八四	後漢	黄巾の乱
二二〇	三国時代	
二八〇	晋	司馬炎が天下統一
五八九	隋	楊堅が天下統一
六一八	唐	李淵により、唐王朝成立
七一三		玄宗皇帝の即位
九〇七		唐王朝滅ぶ
九六〇	宋	趙匡胤により、宋王朝成立
一一二七		趙構により、宋王朝復活（南宋）
一二七九	元	宋王朝滅び、元が統一
一三五一		紅巾の乱
一三六八	明	朱元璋により、明王朝成立
		この頃『三国志演義』『水滸伝』成立
一六〇〇頃		この頃『西遊記』『金瓶梅』成立
一六四四	清	李自成の乱。明滅び、清王朝成立
一六八〇頃		『聊斎志異』成立
一七五〇頃		『儒林外史』成立
一七九一		『紅楼夢』成立
一七九六		白蓮教徒の乱

一八四〇	清	アヘン戦争
一八四二		南京条約
一八五一		太平天国の乱
一八五五		張秀明によるミャオ族の反乱
一八九四		日清戦争
一八九九		殷墟発掘
一九一一	中華民国	辛亥革命が起こる
一九一二		中華民国成立
一九二一		ヤンシャオ遺跡発掘
一九四六		聞一多、暗殺される
一九四九	中華人民共和国	中華人民共和国成立
一九七三		河姆渡遺跡発掘
一九八四		広州など、経済開放される
一九八九		天安門事件
一九九一		ソビエト崩壊。鄧小平の「南方視察」
一九九八		月琴と平岡、河口で出会う
一九九九		月琴、失踪する。平岡、アラン島へ行く
二〇〇〇		平岡、ローマへ行く
二〇〇六		この頃『当代伝奇／かすれる声』成立

目次

当代伝奇／かすれる声

小説者、仍謂寓言异記、不本經傳、背于儒朮者矣。

（魯迅『中國小説史略』）

Time present and time past
Are both perhaps present in time future
And time future contained in time past.

（T. S. Eliot "Four Quartets"）

第一章　京　都

1

「公爵夫人は午後二時に馬車に乗った」なんて、バカバカしくて書けない？　そう小生意気なフランスの作家が語って何年になるだろう。二十一世紀を迎えた「小説家」は、何をどう書けばいいんだ。それとも「小説」はすでに「終わった」のか。しかし、それなら、小説とは何か。その疑問に二十一世紀人は答えなければならないだろう。

タバコ吹かしながら考えてる時、友人の写真家が入って来た。

――相変わらず、頭、抱えとるな。（後ろ、振り向いて）この男が、小説の書けへん小説家屋さん、や。

うら若い細面《ほそおもて》の女性が会釈した。青い帽子、よう似合《にお》うてる。薄い胸が印象的やった。

——初めまして。（にこやかな声に、思わず吸いかけのタバコ灰皿に押し当てて立ち上がる。写真家は数日前、モデル雇った、言《ゆ》うてたな）

——どや、出かけへんか？

四条寺町の角にあるインド料理の店、辛い物《もん》が写真家との共通の好みやった。

——この前、中国に行ったらな、広東《カントン》市庁の前、工事しとって、なかなか壮観やったで。百メートルくらい、こう（言《ゆ》うて写真家、両手そろえて前、伸ばす）工事夫がズーッと一列に並んでるんで、何してるんや思て見てたら、とつぜんピーッて、監督らしいオッサン、向こうの方で笛吹いた途端、工事夫が一斉に手に持ってたツルハシ振り上げて、地面掘り出すんや。オレ、呆れてしもたわ。百メートルやで、百メートル。ズラーッと。

モデルは、もう聞いた話みたいで、黙って下向いてシークカバブ頬張ってる。

——そんだけやない。次の日通ったら、まだ、同《おんな》じことしとる。暢気なもんやで。あんなん、ブルドーザー使《つこ》たら、アッちゅう間やのにな。

——中国は人口、多いんで、機械化したらアカンみたいですよ。失業者、仰山出るゆうて。そのため機械化できんようです。

小説家が口、挾んだ。ビール、一口含んでから、写真家は続ける。

――しかもやな、一ヶ月ほどインド、行った帰りに広東寄ったら、まだ同《おんな》じとこ掘っとるんや。呆れるやろ。

――去年、インドのニューデリー、行きましたらね（小説家も、またビール飲んだ後、笑いながら）、二年前してた工事、まだしてましたよ。

――先生の負け、ね。（モデルが可笑しそうに言《ゆ》う。小説家の方振り向いて）

――日本の一日が、中国では一ヶ月、インドでは一年、そういうことなの。

――時の流れ、確かに違いますね。

――けど、ほんまに人が多いな、中国は。ま、インドもそやけど。ある学者の説によったら、中国の人口、公称で十二億や。そやけど、「独生子女《トゥーションツゥニィ》」政策のおかげで……。

――何、それ？

写真家、うれしそーに女の子に向こうて、

――人口、増えすぎるんで、政府は国民に子ども一人しか作ったらアカンて命令してるんや。それが「独生子女《トゥーションツゥニィ》」政策。そやけど中国も日本と同《おんな》じ儒教文化圏やで、どないしても「家」の意識強うて、跡継ぎに男の子欲しがる。そこで女の子生まれたら役所届けんと、山間部の村に養子に出したりするんや。農村では「多子多福」の観念強いさかい、戸籍に登録されてへん子どもが「黒孩子《ヘイハエズ》」ゆうて、仰山いてる。その数が、エエか……。

モデルがじっと写真家、見つめてる。

——一千万とも、一億ともいわれとんや……。

——精確な数、分からないの？

——そうゆうこっちゃ。

小説家も口出した。

——大体「発展途上国」、いわれてる国の人口、最初の一桁くらいしか信憑性がない、いいます。インドが九億数千万ゆうことは、九億は間違いのうぃるけど、三千万か、八千万か、その辺りハッキリせん、ゆう話です。そやから中国の人口かて、政府は九三年に十一億九千万ゆうたけど、ホンマのとこ、十三億か十四億か、よう分からんみたいです。

——そんなにいい加減なの。

——ソラ違うで。エエ加減、ゆうんはおかしいんや。人口なんて日々変化しとるやないか、いや刻々言《ゆ》うべきやな。そんなもん高校で習《なろ》た物理の練習問題みたいに精確な数字で表現せえゆう方が間違《まちご》とる。そやないか。

——高校の物理の問題集によう書いてありましたね、「空気の抵抗はないものとする」って。空気抵抗のない物体の落下速度計算して、何の意味があるんや、思いました。

——「どうして、空気の抵抗は考えないんですか」ってか、そんなん教師に聞いてみィ、嫌われるだけや……。

そうでのうても成績ようなかったのに……、言いかけて、言葉、呑んだ。七つ歳上の写真家とはバーで知り合《お》うた飲み仲間。軽口たたきながらの食事は楽しい。それに今夜は可愛いモデルもいるし、いつの間にか仕事部屋での憂鬱、スッカリ忘れてた。

2

写真家が写真家になったん、ホンマに偶々《たまたま》や。その朝、疲れた身体引きずって、相国寺に沿って今出川通りに出ようてしてた。紫竹通りの友人の下宿から「徹マン」しての帰り。陽ィとうに昇ってたけど、まだ喧噪始まるには早い初夏の早朝、少し汗ばんでくるんが意識され、早《はよ》う下宿に戻って万年床にもぐり込みたかった……。D大学の横、歩いてるその時や。気配感じて、上、仰ぐんと何かが自分の方へ落ちて来るん目に入るんと、それが瞬時やった。思わず手に持ってたカメラのファインダー覗いた。何でそんなこと、一瞬の間にできたんか、今もってよう分からんけど、ただ気ィついた時、ファインダーからその物体覗く間ものう、シャッター切ってた。いや物体やあらへん。ファインダーの小さな窓イッパイにギロッてこっち見てる男の顔、飛び込んで来たような気ィした時、男の身体、妙な音立てて眼の前に落ちよった。モノが落ちる音とも人のウメキともつかん、ミョーな実にミョーな音ゆうか声がした(ような気ィする)。両手を不細工に広げ、鉄格子の門扉の向こうに黒々とした身体横たえてた。いつの間にか、後ろに人が集まって来たんで、逃げるように立ち去った。あと数歩先歩いてたら、高い塀のせいで男の末期見ることもなかったやろに……。そんなこと漠然と考えてた。

夕方、いつも通りバイトのレストランでトレイ片手に走り回ってたら、店長が手招き。

「お前と同じ大学の学生チャウんか」

市内にいくつも店持つチェーン店の、京都駅前店を任されてる店長、「ウチの定食ほど、充実したメニューないで」ゆうんが口癖。身内びいきにしても何で雇われてるだけの身ィやのに、そんなに店自慢できるんか、いつも不思議やった……。オレも就職したら、こんな風に「愛社精神」持つんやろか。店長の広げた夕刊、今朝の事件、大きな顔入りの写真で載せてる。〈大学生、飛び降り自殺！〉

「知ってる奴か？」

「いいえ」

客が入って来た。すぐ「いらっしゃいませ」て声出して小走りに去った。店長、まだこっち見てる。

死んだ男、荻野は二年上の高校の同窓生。いつも大きな声で息巻いてる姿、今でも目に残ってる。誘われて一度だけ荻野のアパート行ったことあった。卒業した高校は同窓会組織が強うて、大学に入ったら必ず「先輩」て称する男ども、手荒い歓迎してくれるんやった。ある時、酔った勢いで荻野の部屋まで引っ張って行かれ、ピンクのネグリジェ姿の女性出て来たん覚えてる。あの男や思わんかった。末期の顔から想像もできひん。何日か経って、現像されてきた写真何時間も見てた。

「金がねェからこれでも持ってけ」カメラはその夜の麻雀の戦利品。千葉から出て来てるR大の高城ゆう学生。カメラの趣味なんかあらへんかった。そのカメラ、どれほどの値打ちかそれすら知らんかった。末期の顔は「歪んで」へんし、苦痛の表情すら感じとれへん。どう形容したらエエんやろ、冷静ゆうんとも違う。一秒後に死ぬ人間の顔て、こんなもんやろか。「死ぬ」ゆう言葉に実感があらへん。「あいつがこの世で最後に見たん、このカメラのレンズや。あいつ、オレやて分かったやろか」死体の網膜に自分の姿焼き付いとるんやゆう思い、頭から離れんかった。記事には近頃、荻野がノイローゼに陥ってたて書いたァる。同棲してた女が去年、他の男性と琵琶湖に身ィ投げた。その男性に惹きつけられてたけど、すでに荻野との生活あるし、荻野の優しさ肌で感じてる彼女、事態告げたら必ず荻野の方から身ィ引くて知ってて、いっそう切り出せへん。進退窮まった女の選んだ道は死ぬこと。そう訳知りの友人の一人が語ってくれた。女亡くなってから、荻野、オレは人殺しや、あいつ殺したんオレやて呻くようになってて、新聞に自殺記事でも見つけたら、こいつもオレが殺したんやて突拍子もないこと、口走るようなってた。死んだ人間は皆《みんな》自分が殺したみたい思えるんや。そんな噂も耳にした。強度の神経症に陥ったら、誇大妄想になるみたいで、と同時に自分の考え、そのまま周囲に洩れてくみたいに思えるらしい。皆《みんな》が自分の考え知ってる……。

それから数日後、新聞社から葉書が来た。「今月の報道写真賞は貴兄の作品に決定しました。つきましては……」応募した覚えなんかあらへんかったのに。後で分かったんはカメラの持ち主高城が人の名義で、その写真勝手に投稿したんや。賞金くれるゆうんで、指定された日ィ新聞社出かけてって、その金で高城や他の友人と一晩飲み歩いた。「悪銭身に着かず、ゆうやんか」臨時収入、散財してイキがってた。ところが年末にはその年の「報道写真賞」受賞して、一躍「名を馳せる」ことなってしもたんや。カメラ持ち歩くようなったん単に好奇心からか、それともニュース写真の注文が来て、撮る必要に駆られたせいか、二十年も経ってしもた今、もうよう思い出せへん。たった一つ確かなん、今写真撮るん職業にしてるん、偶々《たまたま》ゆうこと、それだけや。飛行機事故が起こる時は重なるみたいに、競馬の当たる時も何週か続けて当たる。偶々《たまたま》、は重なる。カメラ持って歩いてたら不思議と事故現場に居合わせるん重なった。ガス爆発の現場に通り合わせたこともある。列車に飛び込む中年男の後ろに立ってたこともある。そんな時、きまってマユミが一緒やった。

ある日の昼下がり、バスが東山五条の交差点さしかかったら、左手から赤信号無視して、軽トラック突っ込んで来よった。危うく衝突しかけたバスの運転手、アタマに来て、乗客に言《ゆ》うた。「あァいう車は許すことができません。今から追いかけて警察に突き出します。よろしいでしょうか。お急ぎの方はおいでてでしょうかァ」乗客はバスの急ブレーキに一瞬ひるんだもんの、身の危険去った安心感からか拍手して賛意示す。向かいに座ってる若い女の子まで「イケイケ」てハッパかけてて、マユミと苦笑い交わす。バスは軽トラック追い始めて、乗客ゆうても十人もおらんかったけど、一斉に前の方詰め寄って運転手、激励する。後ろからバスが猛然と詰め寄って来るん気ィついた軽トラックも負けてへん。スピード上げて京阪電車の踏切、河原町通りの信号、停まることものう西に向かう。「待てーェ！」叫ぶ運転手。ハリウッドの娯楽映画さながらのカーチェイス始まったんや。異変に気ィついた人々の通報でか、パトカーやって来て、軽トラックとバス停められたん、それから五分もせんかった。もちろんバスの運転手も捕まった。一連の出来事、シャッター切り続けてた……。何で写真家になったんやろ、二十歳代《はたち》はよう考えた。せやけど三十の半ば過《す》ぎんでからは観念したんか悟ったんか、もう考えんようなってた。「オレは写真家や」、そう素直に思えるようなった。天職やてさすがに言わんかったけど、これが職業なんやていう自負とも諦めともつかん塊が胸のオリになって下がっていった。

3

――お前、まだ悩んでるんか？（写真家は愛飲のオールド・セント・ニックゆうきついバーボン、ロックで飲んでる。二人がいつもやって来る四条木屋町下がった静かなバー）

――まァね。

――なんで書くんか悩むんはな、書けへんヤツの言い訳やって、読んだことあるで。

――そんなとこでしょうね。

――いつもこんなに意地悪なの。（二杯目のソルティドッグ飲んでるモデルが助け船出す。味方がいるゆうんは悪い気分やない）

――こいつはマゾやから、かまへんのや。

――マゾね……、そうかも知れませんね。

――なんや、素直やな、今日は。

――真剣に困っているのと違うかしら。

モデルに向こうて、小説家、ビールのグラス傾けながら言《ゆ》うた。

――真剣、ね……。そうかも知れんし、そうでないかも知れません。

――どういう意味なの？（意外そうな顔して、女の子は写真家見る）

――どや、一つ、書くネタ教えたろか。

――ネタ？　そういう問題とチャウんですけどね。

――エエやないか。この話聞いたら、絶対書きとうなるで。「創作意欲」湧くこと請け合いや。

――どんな話なの？

――アラン島で会《お》うた、通訳の男の話。

写真家はイタリア文学専攻してたな。イタリアが好きで、仕事か遊びかよう知らんけど、しょっちゅうヨーロッパに出かけては短い便り送ってくれた。アラン島はアイルランドやな。写真家の最初の女房、どうゆう訳か中国人やった。このモデルは何人目やろ。いやまだデキてへんのかな？

「オレ、離婚三回したけどな」、数年前、四度目の結婚するゆう話、このバーで聞いた時「浮気だけは一回もしたことないんや」って、妙な自慢してた。惚れっぽいんやろ、キット。「初対面の相手には、この女と結婚したらどうなるやろて、必ずそう思うんや」人生、大変やろな……。そう確かに大変な人生、歩んどる、この男は。二十歳過ぎから四十までの十余年の間に四度の結婚、平均すれば四年に一度の割合、オリンピック並みやで。そやから慰謝料が大変。稼いでも稼いでもモト奥さん三人と二人の子どもへの仕送りで消えてしまうて、こぼしてた。身ィから出た錆《さび》？　誰も同情せえへんけど。ただ時々思うんは、「この男、ひたむきやし〈もっとも四十になって〈ひたむき〉ゆうんも、ちょっと気色悪いけど〉、それにエネルギー溢れてる。こっちなんか、結婚するて聞いただけで怖じ気づいてしまうのに。声かけて、デイト重ね、口説いて抱いて、あげくの果てに家庭生活イチから始める……。そんなエネルギーどこにあるんやろ」そやから、そこが憎めんとこや、この男の。

——新婚初夜に、嫁さんに逃げられた男の話。（と写真家が続ける）

——ふうん、珍しくもないですけどね。

——どこの国の人なの、その不幸な人は？（モデルは興味津々）

——日本人や。レッキとした……、かな。

——「かな」って、どういうこと？

——英語だけやのうて、オッソロシク中国語もうまいんや。プートゥンファも広東語も、どっちもネイティブみたいに操るんや、さすがのオレも参ったね。それで一言もしゃべらんのが日本語。一言でゆうたら国籍不明者！

中国人の娘と結婚してただけあって、写真家の中国語もなかなかのもん。もっとも別の友人に言わせたら、上海ナマリ、あるみたいやけど。

——プートゥンファって？

——「普通話」って書いてな、北京官話すなわち中華人民共和国の共通語や。

——その男がどうしたんです？

——オッ、興味示しましたね。エエか、そいつがな、クンミンでミャオズーのクウニァン見初めてな……。

——日本語でしゃべらんかったら分からへんやないですか。

——そやったな。中国西南部の雲南《ユンナン》省に昆明《クンミン》ちゅうとこあってな、これが昆明、そこに昔から住んでる少数民族の「苗族《ミャオズー》」の「娘さん／姑娘《クウニァン》」に惚れて結婚したんや。けど、そいつの嫁さん、新婚旅行に出かける空港で、大阪の関西空港やけど、行方不明になってしもて、その後の消息は「杳《よう》として知れず」ちゅう訳や。

写真家の話は、こうやった。

第二章　雲　南

1

「Nin shi pinggang xiensheng ma ?」見知らぬ女が声、かけてくる。「平岡先生ですか?」午後の列車で昆明《クンミン》に帰り、明くる日には飛行機で広東に戻る予定。十三時二十分発の列車まで、まだ一時間以上ある。当時平岡は少壮の文化人類学者。広州《クワンチョウ》の大学で中華人民共和国《チュンファレンミンクンハークオ》における少数民族の実態研究してたんや。政府や大学からチャンと許可もろうて、雲南《ユンナン》省の河口《ハーコォウ》ゆう町のはずれの小さな村でヤオ族《ズー》の人たちと生活を共にしてた。半年ほどのフィールドワーク終わって、日本に帰って論文に仕上げる予定や。河口瑶族《ヤオズー》自治県は、雲南省の南のはずれ。雲南省はチベット自治区の南、ミャンマー、ラオス、ベトナムと国境接してて中国の南西の果ての省。このあたりの山地にヤオ族《ズー》の人々が七万人以上住んでるいわれてる。河口はその雲南省の南端の町で、南渓河《ナンシーハー》の向こう岸はベトナムの町ラオカイに臨み、十分も歩いたら国境越えられるんや。

「Shiba, e, nin shi…」そやて答えたら、礼儀正しう自己紹介した。海南島《ハイナンタァオ》に住むミャオ族《ズー》の者でミャオ族《ズー》の研究されてるて聞いて会いに来たて言《ゆ》う。研究してるんはミャオ族《ズー》やのうてヤオ族《ズー》やて訂正した。ミャオとヤオ、彼女どっかで聞き違えたんやろ。別に落胆する風もなく、ヤオ族《ズー》とミャオ族《ズー》がもとは同《おんな》じ民族で、風習だけやのうて、神話や民話にも起源同じうするもんある言《ゆ》うんや。ミャオ族《ズー》ゆうたら以前に一度彼らの自治区、通ったことがあった。貴陽《クイヤン》市の郊外にあるミャオ族《ズー》自治区高坡《カオポー》の村て、貴陽市から五十キロも離れてへんのに、都会的な貴陽市と似ても似つかんほど、何てゆうたらエエんやろ、貧しうて「原始的な」生活してるように見えた。そんな思い出がある。

腕時計見てから、彼女、駅前の喝茶店《ハーチャーティエン》（喫茶店）に誘うた。普洱《プーアル》茶飲みながら、あらためて李月《リ・ユエ》琴《チン》て名のる若い女性、よう見た。歳はまだ十代やろか。少し浅黒い皮膚に細い眉。それに何より印象的やったん、黒い大きな一つの眼。患《わずろ》うてでもいるんか、左目に眼帯してたけど、大きな黒い瞳や。ヤオ族《ズー》の女性は結婚したら、かつての日本みたいに眉、剃るんや。けど彼女、細い美しい眉してた。もちろんヤオ族《ズー》とはチャウさかい既婚者でも剃ることないやろけど、この子もう結婚してるんやろか？

「どうして、ミャオ族《ズー》を研究なさらなかったのですか」子どもに語りかけるような優しい口調や。

「別に理由などありません。少数民族の研究それ自体が目的で、ヤオ族《ズー》でなければならないこともなかったのです」

広州《クワンチョウ》の大学の葛《ガー》教授の勧めでヤオ族《ズー》選んだにすぎひん……。痛いとこや。自分はなんで中国の少数民族研究してるんやろ。何とのう大学の社会学部に入り、何とのう中国に関心持って、教授の勧めるまま少数民族の研究してる……。

「ご研究はうまくいきましたか？」

「ええ、何とか……」

「それはよかったですね」社交辞令にしても若い女の子にこれまでの労ねぎらわれて悪い気ィせんかった。

「先生《シエンション》はどこまで帰られるのです？」

「大阪です。日本の」

「昆明《クンミン》からは飛行機で……」

「ええ、でも広州の大学で少し仕事が残っていますので、広州に一週間ほど滞在します」

「広州まで？　じゃァ、ご一緒できますね。私も次の列車で昆明まで行って、それから飛行機で広州へ行くのですよ」

屏辺《ピンビエン》のミャオ族《ズー》自治区にいる親戚、訪ねての帰りや、言《ゆ》う。ミャオ族《ズー》は花族《ファズー》とも称され、刺繍が上《う》手《も》うて、彩りの美しい衣装着る。彼女もあでやかな花柄の服着てて、頭にキレイなかぶりもん載せてる。中国の南方旅行したら、極彩色の刺繍で飾ったポシェットなんか数百円で売りに来る人たち、よう見かけるやん、あれがミャオ族《ズー》。二人はそれから昆明までの十数時間向かい合《お》うて座ってた。李月琴《リ・ユエチン》は尋ねん限りミャオ族《ズー》について語らんかった。少数民族にありがちなように、自分たちの民族や伝統自慢したりせんかった。マイノリティーほど民族の意識強固になるんが常やのにな。少数民族の研究し始めて何遍も経験してたことや。彼女の語った多くは食べ物のこと。それもミャオ族《ズー》の食生活に限るんやのうて、広く中国の食材のことや。昔から南方は北の台所として多くの農産物、産してきた。北方に比べたら温暖で野菜豊富やったし、海も近いんで海産物も日本とは比べもんならんほど多種多様なんやて。

「霊猫《リンマオ》ってご存じですか?」

「リンマオ?　知りませんが……」

「猫《マオ》といっても、ネコ科の動物ではないのですが、大きさはネコと同じくらい。中国の南部にしか棲息していず、毛皮は温かいので、外国にも輸出されています。それにオスにもメスにも香嚢腺《こうのうせん》があって、何万分の一かに薄めるなら、とてもいい香りがして、高級香水になります。現在では政府の手で人工飼養されています。でも実はその肉がとってもおいしいのです。高価ですけど……」

食は広州にありとか、広東ではテーブル以外の四つ足は何でも食べるとかいわれてるけど、ネコまで食べるて知らんかった。もっとも月琴《ユエチン》はネコ科の動物やないいて断ってたけど。

海南島《ハイナンタァオ》の出身て言《ゆ》う。海南島は平岡の乏しい知識でもミャオ族《ズー》の居住地であるんは分かってた。広《クワン》州《チョウ》から約二百キロ南にある、ちょっとした島や。

もうすぐ昆明《クンミン》に着くゆう時やった。こんなお話ご存じですか言《ゆ》うて、彼女語り出したんや。

「昔々、アペ・コペンという天地を支える大力無双の人間が子どものブーイ、クーエ兄妹と仲良く暮らしていました。アペ・コペンと兄弟分だった天の雷が時折あそびにやって来ましたが、アペ・コペンはイタズラ心から雷の大嫌いな鶏の肉を団子汁にしてこっそり食べさせたのです。怒った雷は、『お前なんか真っ二つに切り裂いてやる』するとアペ・コペンもまた『いいとも、ただし七年の間シトシト雨を降らせること、オレを殺しに来る時はまず屋根の上に降りてくること、これが条件だ』と言いました。雷が天に帰った後、アペ・コペンは木の皮で屋根を葺き、家の周りに溝を掘り、石で固めました。七年もの間シトシト降る雨のせいで屋根には青苔が一面に生えヌルヌルします。

銅鑼《どら》や太鼓をゴロゴロ鳴らしながらやって来た雷はおかげで足を滑らせ、ドシンと溝に落ちました。アペ・コペンは大鍋をかぶせ、『こいつを塩ゆでにしてやる。今、塩を買いに行って来るからこいつの見張りをしてろ』娘のクーエと息子のブーイにそう言って出かけてしまいました。『いい子だから逃がしておくれ』雷がいく度もいく度も懇願するので、兄妹がとうとう放してやると、雷は二人にヒョウタンの種を与え、『すぐに裏の畑に播《ま》いておいで』と言い、大きな音を立てて天に戻ってしまいました。

ヒョウタンは見る見るうちに成長し、小さな実をつけたので、ブーイがもごうとすると、クーエは『まだ取っちゃダメ。もっと大きくなるまで待つのよ』と言います。雷の音を聞きつけ帰って来た父親は子どもたちから一部始終を聞き、『さては大雨を降らせて、オレを殺す気だな』言い終わるや空が暗くなり、大雨が降り始めます。父親は大きくなったヒョウタンの木によじ登り、天の〈南天門〉に向かいました。クーエはブーイに『ヒョウタンを切り落として』と命じます。二人はヒョウタンの舟に乗って水の上を漂いました。父親が〈南天門〉にたどり着いた途端、雷は十二個の太陽を出して、ヒョウタンの木を枯らせてしまい、アペ・コペンは地上に戻れなくなりました。怒った父親は雷を鉄棒で叩き殺そうとしますが、雷は体をかわして逃げ回る。めったやたらに振り回した鉄棒にはじき飛ばされて、天の水は地上に落ちて川となり、土は山となったのです。

ヒョウタンの舟の中でじっと我慢をしていた二人の兄妹は、十二個の太陽でようやく干上がった地上に降り立ちます。生き物がすべて死んでいるのを見たブーイは泣き始めますが、『泣いていちゃダメ。どうにかして人を増やさなくちゃ』妹のクーエが励まします。『どうすればいいんだ』『私たち兄妹が夫婦になればいいじゃない』慌ててブーイは、『冗談じゃない。二つに割れた竹が元通り一本にならない限り、それはいけないことだ』竹を一本ずつ持って、クーエは南の山に、ブーイは東の山に登りました。二人が同時に投げると竹は二本とも麓で合わさったのです。そこでブーイはしぶしぶ妹と結婚しました。一年経って眼も耳も口も鼻もない石臼のような子が生まれたので、その子を細かく切り刻み、屋根、山の龍坡《おね》、麻ガラ、石の上に、それから田の中、最後の一切れを山の中に埋めました。

明くる朝にはあたり一面に炊事の煙が立ち上り人家が建ち並んでいます。女性や子どもが魚のようにウジャウジャ歩き回っていました。こうして屋根の上の一族が、呉《ウー》(屋《ウー》)という姓、龍坡の上の一族が龍《ロン》、麻ガラから麻《マー》、そうして蓼《たで》に引っかかった一族が廖《リャオ》という姓の一族になり、最後の一切れは白芨《パイチー》という薬草になったとさ。オシマイ。

「ですからミャオ族《ズー》には、呉《ウー》、龍《ロン》、麻《マー》、廖《リャオ》、白《パイ》という姓が多いのですよ」

語り口は優しく、聴く者の心捉える。中国語がこんなメロディアスな言語やなんて、今まで思いもよらんかった。もともと中国語は四声《しせい》ゆうて、音の上がり下がりで単語区別する言語なんやけど、その音楽性とはちょっと違《ちご》うて、まるで唱《うた》うような語り口や。

昆明《クンミン》の町は早朝のせいもあって静かやった。河口《ハーコォウ》はベトナムとの交通の要衝にあたってたさかい騒がしかったけど、昆明は商人も観光客も少のうて落ち着いたエエ町や。そやけど旅の疲れ癒す間ものう空港に向こうて、すぐに広州《クワンチョウ》行きの飛行機に乗る。広州に着いた頃には海南島《ハイナンタァオ》への飛行機もう無いし、ここで一泊するゆう月琴《ユエチン》を夕食に誘うたんや。

「おいしい店ですね」

どっかエエ店知らんかゆう頼みに、李月琴《リ・ユエチン》、広州駅からずいぶん離れた店へ連れてった。そこで舌鼓打った。場所はよう分からへん、暗い道歩いたさかいに。見知らん町歩くん好きやったんで、苦ゥにはならんへんかったけど。「向こうに白雲山《パイユンシャン》が見えます」言われて位置が分かった。白雲空港から市街地に来てるんや。彼女よう食べたし、もちろん平岡も負けずに食べる。帰りもホテルまで歩いた。送ってく言《ゆ》うたけど、大丈夫やからて一人去ってった。別れた後、今まで味わったことない気持ちになった。

食事のお礼や言《ゆ》うて、別れ際に残してったハンカチ（のような物《もん》）、「サイソ」ゆうて、漢語で「花帯《ファタイ》」。ミャオ族《ズー》の伝統的な刺繍キレイにしたァる。南の空にとがった三日月が浮かんでて、小さい頃山の中で迷うて茫然と見てた月思い出した。「花帯」に染み込んだこれまで聞いたことないかすかな香り、彼女の深い思い出になったんや。

日本に帰った半年後の慌ただしい年の暮れ、大学の研究室に電話が入る。

「今、大阪に来ています」

教務から中国語らしいけど誰か分かる人おらへん？　ゆうて電話回されて来た。李月琴《リ・ユエチン》が日本にやって来るて思わんかった。住所も何も教えてへんのに、何で勤め先の大学分かったんやろ。一時間後、梅田の駅前の大きなホテルのロビー、深紅のコート着た彼女が立ってる。中には鮮やかなブルーのワンピース。花族《ファズー》ゆう言葉が浮かぶ。

「いつこちらに？」

「二時間前。先ほどは関西空港から電話したのです」何でこっちにて聞こう思たけど、とっさに中国語が出てこうへん。緊張してるんか、言葉ぎこちない。

「……」彼女ただ笑ってるだけ。日本に来るてホンマに思うてもみんかった。ましてや自分訪ねて来るなんて。

「だって先生《シエンション》、大学の研究室のお名前、いく度も口にされていたではないですか？」

広州《クワンチョウ》での一夜、何しゃべったんか、半年のフィールドワークの疲れと心地よい紹興酒の香りで、他愛のう酔っぱらってたように思える。

「ビールのお代わり下さい」カウンター越しにそう言《ゆ》うて、彼女の方向き
「すいません。一人でガブガブ飲んで」

「いいえ。突然やって来て、ご迷惑でなかったですか」

曾根崎のお初天神の入り組んだ路地にある、同僚と何度か来たヤキトリ屋で三杯目注文した。彼女ちっとも酒飲まんかったけど、平岡はその夜も一人でよう飲んだ。

「先生はどこにお住まいですか」食後に入ったホテルの喫茶室。

「石橋というところです。ここから三十分くらい、電車で」

同僚の多くと同《おんな》じように大学の近くのアパート借りてる。心弾んでたけど、時間経つにつれ、次第に落ち着かんようなった。

「明日のご予定は？」

「別にありません」

「逢えますか？」

「ええ」日本に来た目的聞くんがためらわれる。

翌日、二人は昨日と同じホテルのロビーで逢《お》うた。ホテルのレストラン奮発したけど、興奮してたん

か、ほとんど味分からへん。月琴《ユエチン》のこと耳にした同僚、嶋田が忠告したんや。「うら若き女性と久し振りの再会でやなァ、ヤキトリ屋はあらへんで」

その後、ホテルのバーに誘うた。

「いつ中国に帰られるのですか？」笑って答えへん。

「明日はまだ、おられます？」頷いたようで安堵する。広州《クワンチョウ》のホテルの前で抱いた心細さ味わわんで済む。異国の地ゆえの感傷やったなんて思いたない。

「この花帯《ファタイ》、覚えてますか？」

「広州ではごちそうさまでした」

「いえ、サイソというのはミャオ語ですね」

「ものごころついた頃から私たちは裁縫を習います。ミャオ族《ズー》にも多くの部族があって刺繍の模様でどの部族に属しているかが分かるのです。衣服も色の組合せに部族の特徴があるのですよ」

中国に詳しい平岡でもそこまでは知らんかったことや。

李《リ》・月琴《ユエチン》はその夜、石橋にある平岡のアパートに泊まったんやった。

「荷物は？」「これだけです」クローク閉まってて、フロントから月琴《ユエチン》小さな旅行カバンの他にバイオリンのケースほどの箱包み受け出した。平岡、旅行カバン持ってやる。２Ｋの書物で一杯になった部屋に座布団連ねて寝ることにし、月琴《ユエチン》にはいつも自分が寝起きしてる寝室と居間と食堂兼ねた部屋あてがった。

それこそ、ネコみたいに、月琴《ユエチン》、平岡の部屋に住み着いたんや。

広州で住所教えんかったん、警戒してたから。中国では国外に出るため色んな手ェ使われてて偽装結婚も流行ってるて聞かされてた。利用されるん嫌やったし、日本出る時、指導教官の太田教授からも注意されてた……。それに二十歳過ぎてるみたいに到底見えん幼さ、彼女表情に浮かべてる。三十過《す》んだ自分をこんな若い女性が相手にしてくれるなんて、それこそ思いも寄らんかった。河口《ハーコォウ》の駅で声かけられた時、柔らかい抑揚、黒い瞳に内心ドギマギしてたんやけど面《おもて》には出さんかった。広州まで一緒に行けるて知った時、跳び上がらんばかりに嬉しかったんは事実や。別に中国人と結婚したいて思てた訳やあらへん。それどころか広州《クワンチョウ》でも大阪でも、彼女、外国人であるん殆ど感じさせへん。中国人と一緒にいるゆう実感もないんやった。たった一つ、歩き方だけ日本人と違《ちご》うた。平岡は町でも中国人の女性、すぐに見分けられる。歩き方が違うんや。どこがってはっきり言葉にして言えへんけど、ソレて分かるんやった。

「feng shi feng, feng shi feng,…」

シャワー浴びながら唱《うと》てるみたいな声、聞こえる。「風是風《フォンシフォン》、風是風《フォンシフォン》」、風は風、風は風……。耳澄ましたけど、声はそれきり水音に消され聞こえんかった。月琴《ユエチン》の声は低く、魂に沁み入るような音色や。彼女の声聞いてたら、それだけでぐっすり眠れる、そんな優しさがあった。孤児であるん知ったんはその夜。母方の最後の親戚が亡くなり（その葬儀に屏辺《ピンビエン》の自治区まで出かけたんやて）、本当に天涯孤独の身になった言《ゆ》う。二十歳になったんを機に故郷捨てて来た。自分にはどこも行く当てない、そうも言《ゆ》うた。平岡の両親、高校の時に母親が、大学卒業する頃に父親が、それぞれ亡くなってしもてて、二人の結婚に異ィ唱える者《もん》などいるはずもないし、それからしばらくして、二人は結婚したんや。結婚パーティ、友人たちが会費形式で開いてくれた。それが明くる日、形ばかりの新婚旅行や言《ゆ》うて、アメリカに出かける空港で彼女の姿消えてしもた。それからが平岡氏の苦難の始まり。「お前さんなら、どうする?」そう尋ねときながら、

——まァ、この続きは次にしよや。もう遅いし。（勝手なこと言《ゆ》うてる）

——まず、探すでしょうね、それが普通の男の反応。

写真家が頷く。店に客一人も残ってへん。バーテン二人、床の掃除始めてた。

——キミも帰らなアカンやろし……。

——私だったらいいのよ。どうせタクシーで十分の近場だから。

——まァまァ、別に夜は今日だけやあらへん。

——そうですね、そろそろお開きにしましょか。

小説家が言《ゆ》うたら、モデルも仕方のう帰り支度始める。

——送ってこ。（写真家がモデルに腕貸して、小説家、後れとった気ィした）

2

二月ほど経って、三人はまた、同じバーにやって来た。

――この間の続き、早く、聞かせてよ。

――まァ、そない慌てなさんな。

――だって、気になるもの。

――あなたはあれから、ずっと続きを聞かんかったんですか。チャンスあったやろうに。

――仕事中は、彼、厳しいのよ。

――ほな、始めよか。

仕事の不平言われるん嫌ったんか、写真家、機先制して言《ゆ》う。

――新妻に逃げられた平岡氏、果たしてその後、いかなることになりましたやら。

――まるで、章回小説ですね。

――章回小説って、何？

モデルがあどけない問い、発する。

――章回小説ゆうんはな、『西遊記』や『水滸伝』みたいに一回毎《ごと》分かれてて、延々八十回、百回て続く説話《シュオファア》、中国の講談、それ、文字に起こした本のこと元来はゆうたんや。

平岡はまず海南島《ハイナンタァオ》に行った、これは当然やわな、彼女の故郷やさかい。そやけど住所も詳しう知らん、ただミャオ族《ズー》の女性ゆうだけではどないしようもない。島ゆうたって大陸に一番近い海口《ハイコォウ》市には六十万以上の人住んでて、その他三亜《サンイア》や万寧《ワンニン》にも何十万ゆう人間いて、しかもその三十パーセント、ミャオ族《ズー》が占めてるんや。まァ見つけようないわな、仮にその島におったにしても。

——彼女、やっぱり中国から出るため、平岡氏利用したんチャイますか。

——いいセンやな。オレも初めそう考えた。ゆうよりそれが平岡の一番の悩みやったんや。月琴《ユエチン》、自分を愛してたんで結婚したんか、中国から脱出するため、便宜上結婚したんか、どっちやろて。で、どうする？

——戸籍、どうなっていたのかしら？

——それが入籍しとらんかったらしい。パスポートも見たことないて平岡、言《ゆ》うんや。相当イカレとったんやで、月琴《ユエチン》女史に。

——でも、当然じゃないかしら。一緒に住んでいる相手のパスポートをイチイチ見たり、戸籍はどうなっているって、調べたりなんかしないわ。

彼女、平岡に同情してる風。確かに異国の若い女性とのラブロマンスゆうん、乙女心、刺激するしな……。

——まァ、成田離婚ゆう言葉もあるくらいなんで、新婚旅行から帰って来て、それから入籍してもエエかぐらいに軽う考えとったらしいわ。

——そんなトコでしょうね。

——それで平岡やけど、海口《ハイコォウ》の町で新聞広告出したんや、風貌とか年齢書いて「尋ね人」の欄に大きゅう出したんや。賞金付きで。

——なかなか、名案ですね。

——ところがどうして。ま、結果から言《ゆ》うたら、その逆、最悪やったな。月琴《ユエチン》と自分との関係、公表したみたいなもんやから。

——それ、どういうことなの？

——後で分かる……。そしたら、来るわ来るわ。エエ加減な情報持った奴らが毎日「大同宾馆《タアトゥンピンクゥワン》」ゆう泊まってるホテルの前で行列作りよった。おかげでフロントからエライ怒られた。ここだけの話やけどな、中国人て日本人ほど勤勉やあらへんし、何か口実見つけては仕事サボリよる。平岡の新聞広告、彼らには絶好の口実なったんや。

——それで中にはマトモなんもあったんでしょ？

——マトモかどうか分からんけど、月琴《ユエチン》女史の従姉妹ゆうんが現れた。

——月琴《ユエチン》さん、孤児になったって言わなかったかしら？

——よう覚えてるな。そやねん、孤児のはずの月琴《ユエチン》に従姉妹がいた。名は呉《ウー》・花琴《ファチン》。しかも兄と名のる男と一緒に。

――その従姉妹さんの兄さん？

――チャウチャウ、月琴《ユエチン》のや。

――どういうことかしら？

――話はいよいよ、佳境に入ってきましたね。

――どや、小説になりそか？

――まだ、分かりませんけど、サスペンスもどきでおもろいですね。

写真家はバーボンのグラス飲み干し、お代わり合図する。

――話、長《なご》なるで。その前にちょっとお勉強や、これ知ってるやろ？

ポケットから『新华字典《シンフアツウティエン》』取り出す。手のひらサイズの小さな辞書。

――中国の商務院書館が発行してる初学者向きの漢字辞書や。奥付には「1957年初版、1998年６月北京第119次印刷　500,000冊　定価：11元」十一元て、一元十三円で計算したら百五十円足らず、安いもんやな。

装丁が赤や黄色の極彩色使《つこ》てるんが意外やった。十数年前、大学の同級生が中国語学んでる時、冴えへん紺色のビニール表紙やったん覚えてる。

――この付録に「我国少数民族简表《ウオグオ・シャオシュミンズー・チエンピァオ》」ゆうんあるやろ。

そう言《ゆ》うて指さした。表《ひょう》の冒頭の小そう印刷してある一文。「我が国は多くの民族を統一した社会主義国であり、漢族《ハンズー》の他に五十五の少数民族がいて、全人口の凡そ八パーセントを占めている」そう写真家が訳してくれる。蒙古族《モングーズー》から始まって民族名と主要居住地、一覧になってる。ミャオ族《ズー》は五番目。「苗族《ミャオズー》」の居住地、「貴州《クイチョウ》、雲南《ユンナン》、湖南《フーナン》、重慶《チョンチン》、広西《クワンシー》、湖北《フーペェイ》等の土地」、瑶族《ヤオズー》の居住地とほぼ重なってる。

――エエか、八パーセント程度の少数民族が実際には国土の六十パーセント以上占めてんのや。

――広いところに住んでいるのね。

――アホやな、そういうこととはチャウねん。（モデルの方、向いて）

――つまり少数民族は砂漠や山岳地帯に住まわされ、海岸沿いの主要都市に漢族が住んでるゆうことが問題なんや。つまりアメリカの「インディアン」と同《おんな》じで、僻地の保留地に押し込められてるゆう見方もできるんや。

「フウン」て感心したようなため息、モデルがついた。

――おさらいはこれまで、ほな始めるで。

毎日毎日エエ加減な情報ばかりやった。月琴《ユエチン》の母やゆう女性も五人来たし、兄ゆう男も十人以上は来たな。一週間以上経って、ひとしきり騒動静まった夕方、一組の男女が平岡の部屋訪れた。男の言《ゆ》うには探してる女性はその特徴からしておらんようなった月琴《ユエチン》に間違いない思われるけど、ただ年齢が合わん言《ゆ》うのや。彼の言《ゆ》う月琴《ユエチン》は今年ようやく十六歳。そやけど李月琴《リ・ユエチン》ゆう名、右目の隻眼《せきがん》、皆《みんな》これ合《お》うてるらしい。従姉妹ゆうんはよう似とるみたいやで。最初連れの女性見た時、一瞬月琴《ユエチン》か思たそや。それほど似とるんやて。女の美しさゆうことからしたら、呉花琴《ウー・ファチン》の方が上かもしれん。奇麗な黒い瞳、二つある分勝《まさ》ってる。それに月琴《ユエチン》にあらへん落ち着き、花琴《ファチン》にはあったんや。兄の李学誠《リ・シュエチョン》が言《ゆ》うには、月琴《ユエチン》は一年以上前から行方知れず。海口《ハイコォウ》市の警察にもう失踪届を出したァる言《ゆ》う。日本での月琴《ユエチン》の生活聞いて、心の底からびっくりしたみたい。結婚してるって夢にも思わんかったらしい。翌日兄が再びやって来よった。

「広州《クワンチョウ》市の警察から月琴《ユエチン》が見つかったから、すぐ来るようにと言われました」

信じられんかった。こんなに早《はよ》見つかるなんて。一時も早《はよ》、月琴《ユエチン》抱きしめたい。

広州の飛行場に降りたら、すぐ制服の警官に取り囲まれた。

「あなたが我が国に来られた理由は何ですか?」警察の取調室、私服の警官が普通話《プートゥンフア》で尋ねる。壁に嫌な色のシミが一面に広がってて、ヘンな予感頭かすめる。

「妻を捜しに来ました」

「日本の戸籍ではあなたは独身ですね」

「まだ籍には入れていませんが披露宴のようなものはしました」

「知っています。でも相手は誰ですか」

「李月琴《リ・ユエチン》、海南島《ハイナンタァオ》のミャオ族《ズー》の女性です」

「残念ながらそのような人物は我が国にはおりません。何かのお間違いでは」

「月琴《ユエチン》に会わせて下さい」

「そのような人物はいないと申し上げました」

「しかし月琴《ユエチン》の兄さんが、彼女は広州にいると」

「兄さん？　あァ李学誠《リ・シュエチョン》のことですか」

「兄ではないのですか？」

「彼には妹はおりません」

「では、なぜその李なにがしが月琴《ユエチン》の兄だと名のって現れたのです？」

「それはこちらがお聞きしたい」

　いいかげん焦《じ》れてきた。

「なぜ私がこんなところへ連れて来られなくてはならないのですか！」思わず立ち上がってしまう。そやけど男は平然と見つめてるだけ。

「あなたの入国の目的が不審だったからです」

「私は武器の密売人ではありません」冗談のつもりやったけど誰も笑わへん。

「分かっております。大学の先生ですね」警察はかなり平岡のこと調べてるみたい。

「では、なぜ拘留するのです？」

「拘留していません。お尋ねしているのです」

「領事館に連絡して下さい」

「してあります。許可も取ってあります」

「どういうことです」

「尋ねているのはこちらです。入国された目的は何ですか？」

「妻を捜しに、です」

「そんな女性は我が国にはおりません。即刻日本に帰られることを勧めます。さもないと……」

「さもないと？」

「反革命罪の嫌疑で拘留します」

「反革命罪？　どういうことですか」質問なんかに答えんと私服の警官立ち上がって、向こう向いたまま帰りにならないと帰れなくなりますよ、これは親切心からの忠告ですて言《ゆ》う。

「いやです。妻と会わないうちは帰国しません」

「やむを得ない。あなたを拘留させていただきます」

拘置所は、暗かった。月琴《ユエチン》が政治運動してるとは思えんさかい、さっぱり事情飲みこめへん。反革命の運動が絡んでるんやろか。それにしてもタイソウやで……。

「feng shi feng, feng shi feng, …」

月琴《ユエチン》の歌声が響く。彼女、どこにいるんや、何でこんな目に合わんとアカンのや。叫び出したかった。彼女の身体、小さかったな。十六歳ゆう言葉、耳に残ってる。乳房は特に小そうて、まだ熟れてもいん桃みたいに固《かと》うて可愛いかったんや。泡たっぷりつけて、身体洗ってやるんは平岡の仕事。彼女はいつもなすがまま、棒のように突っ立ってるだけやけど、時折恥ずかしそーに平岡の首に両腕まわし、唇求めてくる。その胸、何回も何回も愛撫した。まだ乳房の形なしてへん薄い胸に手ェ這わせた。いきなり感触が生々しく蘇る。「月琴《ユエチン》……」声にならへん声が洩れる。頬涙が伝う。寂しかった。独りぼっちで今頃どないしてるんやろ。チャンと食べてるやろか。チャンとシャワー浴びて眠ってるやろか……。

二人は頭だけ布団かぶった暗闇ん中で、歌唱《うと》うてた。月琴《ユエチン》のかすれるような歌声、途切れたか思うと始まり、その切れ切れの中でいつまでも続くんやった。彼女の熱い息が頬に当たってる。

その夜、食事終えた後で、月琴《ユエチン》言い出したんや。一緒に住み始めて半年近く経った五月の半ば。「今日は漢語で〈遊方《イウファン》〉というミャオ族《ズー》のお祭りの日なの」そう広東語で言《ゆ》うて、一曲ずつ歌唱《うた》おう、平岡から先に唱《うと》て欲しい、そうも言《ゆ》うた。ところが中島みゆきの「誕生」、ギター弾きながら歌い始めたら、いきなり隣から、壁、続け様に二、三度、激しく叩く音する。十時まわってた。二人は肩すくめ微笑む。月琴《ユエチン》が押入から布団出して、いきなり彼の頭の上かぶせた。後から中に入って来て小さな声で言《ゆ》う。「これならいいでしょう。小さな声でね」ギターもなく暗闇ん中で唱《うた》うんはどっか拍子抜けの気ィせんではなかったけど、カラオケに行ことは思わんかった。歌い終わったら、月琴《ユエチン》の番。彼女の声、小さなハミングみたいな歌から始まる。これまで聞いたことないメロディーや。それでいて、どっか懐かしい響きがある。ミャオ族《ズー》の民謡なんやろか。唱《うと》てるんか囁いてるんか分からへんほどの静かな抑揚が心惹きつける。

「tɕe qua sa qa caŋ nao ta ti ȵtɕe ntoŋ, ȵao mhu qa tu qha, ȵao tsa qa tu mhu, ȵao qa ʂɿ sa qa su caŋ, ȵao xa tlaə pa ŋtsaŋ ŋtsaŋ, ȵao təŋ phie teŋ ŋtaə pa ŋtsaŋ qo nao tsoŋ qa qa ȵao pe ȵie …」

歌は暗闇の中で聴く方がいい？ 眼ェつぶって静かに聞き惚れてた。後で月琴《ユエチン》が漢語に訳してくれた。「后生走走瞧瞧到花园《ホウションゾウゾウチァオチァオタオフアユアン》、你是何处人《ニイシイハアチュレン》、何处客《ハアチュカァ》？ 慢慢看《マンマンカン》、仔细测《ツウシィツァ》、你是田坝中的高树《ニイシーティエンバアチュンダカオシュー》、是有学问的读书客《シーヨウシュエウェンダトゥシュウカァ》、你父母《ニイフームウ》……」日本語に訳したら、こうなる。「若者が花園を訪ねてやって来た。あなたは誰？ どこの人？ ゆっくり眺めて仔細を思えば、あなたは畦《あぜ》の高い樹ね。立派なインテリさん。あなたのご両親は……」奢侈《しゃし》に耽らぬ立派な人間にあなたを育て、あァあなたはどこの人、どこに住む人？ 愛しいあなた……、て続くんや。唱《うた》い終わったらしい。濃い沈黙が曲の続きみたいに周囲満たす。そのまま時停まったか思われた。思わず月琴《ユエチン》の方に手ェ延ばし身体引き寄せ唇探る。頬は濡れてた。温かい涙右の目から流れてる。目に唇押し当てそっと吸うた。涙は暗い穴から後から後から流れ出して来るみたいや。薄明かりの下でゆっくり眼帯をとる。そこだけポッカリ、穴空いたみたいに見えたん錯覚やったろか。左目の眼球がない、そう呟いた。小さい頃、転んだはずみに石のかけらで眼ェ突いて眼球が壊れた。もうすぐ義眼入れる……。その陰になった箇所に唇当てる。弾力あるマツゲの一本一本が語りかける声聞き取りたいて目ェ瞑《つむ》った。その夜初めて二人は一緒に眠ったんや。

「日本で働くことができますか？」働かんでもエエ言《ゆ》うて、月琴《ユエチン》を抱きしめる。そして二人は仲好う夢つむぎ合《お》うた。

翌日も同じこと、訊かれたんや。昨日と違う太った警察官。「悪いことは言いません」日本語で言《ゆ》う。流暢な喋り方。

「すぐに日本に帰られてはいかがですか。この国にいてもあなたのできることはもう何もありません」

「だったら強制退去させればいいでしょう」

「そうして欲しいんですか。これは私の予感なんですが、明日、白雲《パイユン》空港への道路で交通事故が起こりそうなんです。死者も出るかも知れません」

「一つだけ聞いていいですか？　月琴《ユエチン》は何をしたんでしょう」

「申しましたようにそのような女性は我が国にはおりません」

「ではなぜ私に反革命罪の容疑がかかっているのですか」

「反革命罪？　そんな罪は我が国には存在しません。九七年の法改正で廃止されました」

「昨日の取調官がそのように」

「聞いておりません」抑揚のない日本語やった。あれァ単なる脅しなんやろか。「我が国は明確な目的のない方には入国を拒否しております。それだけです」

「考えさせて下さい」

翌日、即刻国外に出るゆう書類にサインさせられ、ようやく釈放される。去るにあたって唯一の心残りは花琴《ファチン》。彼女から充分話聞けんかったんが残念や。

両脇にいる警察官、何とかならへんやろか。空港でトイレに入って天井見た。窓がない。映画やったら、おあつらえ向きの脱出口あるやろに……。どないしたらエエんや。

「私が逃げればどうしますか」

「撃ちます」若い警察官、平然と言い放つ。自分に襲いかかる影、次第に大きゅうなるみたいで気味悪ゥなって来る。

「スリだッ……」改札ゲートと反対の方で大きな声する。若い男が年老いた男振りきり走り去ろてしてる。脇にいる警察官の一人が駆け寄った。傍にいる警察官の頭思い切り殴ろてした時、横から一人の男が棒のようなモンで警官の後頭部殴った。「こっち！」警察官の追って来る気配感じられた。でも銃は発射せんやろ、この人混みや。空港には仰山の人、列作ったりたむろしたりしてる。銃なんか撃つことでけへん。男の後懸命に走った。人にぶち当たり荷物蹴散らし一目散に駆けた。表に出るやすぐやって来た車に跳び乗り、白雲山《パイユンシャン》沿いの大金鍾路《ターチンチュイルウ》まっすぐ北に向こうて広東外国語大学の前で降り別の車に乗り換える。さらに北に一時間ほど走って車から降りて置いたったジープに乗る。もう日ィ暮れ始めてた。日ィとっぷり暮れた頃、山ん中の細い道にとうとう彼女現れたんや。

花琴《ファチン》の言《ゆ》うにはな、月琴《ユエチン》の失踪について詳しいこと知らんけど、屛辺《ピンビエン》に住む阿姨《アーイ》、叔母さんやったら何か知ってるかも知れん、そう言《ゆ》う。叔母さんは月琴《ユエチン》の母の妹なんやて。

「親戚は亡くなったと聞きましたが」葬儀の帰りに初めて出会《お》うたこと言《ゆ》うた。

「月琴《ユエチン》の母は、三年前に亡くなっています」亡くなった月琴《ユエチン》の母には一人の兄と二人の妹がいて、兄は十年ほど前に死亡、上の妹が呉《ウー》氏に嫁いだ花琴《ファチン》の母、下の妹が屛辺で結婚せずにいるんやて。ここ一、二年のうちに亡くなった親戚なんかあらへんて花琴《ファチン》は言《ゆ》う。そうゆうたらあの時、喪中のような服装してんかったな……。

花琴《ファチン》と平岡、屛辺へ飛んだ。いや飛んだんやない、白雲《パイユン》空港は近寄れんさかい車で広西壮族《クゥアンシーチュアンズー》自治区通過して雲南《ユンナン》省に入った。幹線道路避けて山間《やまあい》の道なき道行ったんで、まる二日走り続けやった。母のいいひん月琴《ユエチン》、何か相談ごとあって叔母さん訪ねたかも知れんゆう推測してたんや。運転してる男はハンズーの人やけど安心していい、そう花琴《ファチン》が説明してくれる。空港で警察官殴って救ってくれた男や。あのスリ騒ぎは陽動作戦やったみたい。「ハンズー」が「漢族《ハンズー》」、漢民族さすて分かるんに一瞬間ァあった。二十世紀末の中華人民共和国に民族紛争、いや闘争あるなんて思いもよらへんかった。漢族《ハンズー》やけど安心やゆう言葉から推測したら、そうなるやないか。けど少数民族の反乱、もうなかったんチャウやろか。まだその時は暢気に考えてた。車の窓から黒々とした山影だけがどこまでも続いてる。オレはこんな異郷の地で一体何してるんやろ？　そんな思いチラッと頭かすめる。モンムーゆう町通過して、それからユアンチァン川（花琴《ファチン》が説明してくれた）沿いに二時間ほど走る。ホテルなんかありそうにない小さい村や。村のはずれの小さな家（平岡には小屋みたいに思えた）に叔母さんは住んでた。

「Ni nao mu riben」

「Ni lao a ntu le ?」

叔母さんと花琴《ファチン》しゃべってる。平岡、ヤオ語が何とか話せたんで、ミャオ語も少し類推できた。花琴《ファチン》が口にした「Ni nao mu riben」は「他是日本人《タシーリーベンレン》」つまり「彼は日本人です」。文法構造はよう似てるけど漢語の普通話《プートゥンファ》とミャオ語、一番違うんは修飾語のかかり方。「日本人」は普通話では「日本人《リーベンレン》」やけど、ミャオ語はフランス語みたいに後ろから形容して「人日本《ムウリーベン》」が「日本人」の意味になるんや。さすがの平岡にも叔母さんの話すミャオ語あんまり分からへん。事情聞いた叔母さん、大声出して花琴《ファチン》叱ってる。iとかmieゆう単語耳に飛び込んで来る。お前とか母親とかゆう意味や。しばらくして悲しそうな表情浮かべて話しかけて来た叔母さん、目ェ悪いみたい、それに車椅子みたいなもんに座ってる。

「月琴《ユエチン》は死んだものと思って下さい。彼女は二度とあなたの前に現れることはないでしょう」そう普通話に花琴《ファチン》が翻訳する。

「なぜですか？」

「あなたは日本の学者さんですから、ウエン・イートゥオ教授のことをお聞き及びでしょう？」

「ウエン・イートゥオ？　あァ、聞一多《ウエン・イートゥオ》ですか、詩人の」

「そうです。ウエン教授は一九四六年に昆明《クンミン》で暗殺されました」

「ウエン教授が国民党の手の者によって殺されたことは知っていますが……」

「正しくは漢族《ハンズー》の人たちに殺されたのです」

「……」

「当時、国民党と中国共産党とは政治的には対立していましたが、別のところでは協力していました。利害が一致するからです」叔母さんが何言おうてしてるか、見当もつかへん。

「あなたは、シーイウチイやチンピンメイをご存じでしょう？」シーイウチイ？　何のことやろ。

「何もかも殷墟の発掘から始まりました……」花琴《ファチン》無表情に訳してる。

問い返そてしたちょうどその時、オモテで何か大きな音がした。花琴《ファチン》、平岡の手ェ取るや、すぐ家の裏から待たせたァった車に引きずり込む。車轟音立てて闇夜を邁進する。遠くで銃声みたいな音聞こえた気ィして花琴《ファチン》に尋ねよてしたけど、彼女怒ったように黙りこくってる。一晩中、車走らせ、夜ォ明ける頃にはベトナムの国境、越えてた。

「もうすぐラウチャウです、ベトナムの。そこからあなたは日本へ帰って下さい。ミャオ族《ズー》はもう滅びます。月琴《ユエチン》も死にました」

「死んだ？　死んだとどうして言えるのです？」

「あなたには関係のないことです。これは私たちの問題です」

「月琴《ユエチン》はどうなったのです。私は月琴《ユエチン》の夫です。知る権利があります」

「彼女は結婚などしていません」

「確かに入籍はしていない。けれども私は月琴《ユエチン》の夫なんです」

「そんなことではないのです」

「では、どういうことなんですか。分かるように説明して下さい」

「私にはできません」

「では、なぜ日本に帰れと言うんです」

「それがあなたのためです」

「わたしのため？　さっきのは銃声だったんですね」

「漢族《ハンズー》が私たちを滅ぼそうとしています」

「ウエン・イートゥオの暗殺とどう関わるのです？　それに殷墟の発掘なんかと……」

「詳しいことは知りません。ただぐずぐずしているとあなたも」そう言《ゆ》うや、花琴《ファチン》再び石のように黙りこくってしもたんや。

3

——先生はいつもコテコテの関西弁なのね。

仕事の後で、写真家、モデルを誘う。いつものバーの一隅。小説家はいいひん。

——オレのは関西弁でも何でもあらへん。ただ周囲の言葉に合わせてしゃべってるだけや。

——だから関西弁じゃないの。ここは京都よ。

——そういうことやない。オレがしゃべりとないいんはNHKのアナウンサーの言葉や。あの話し方だけはしとない。あれは作られた言葉で生きてへん。ちっとも血ィ通てへん。

——でも、あれが標準語じゃないの。

——標準語て、誰の言葉やねん。どこでしゃべってるんや……。昔、岸田国士ちゅう戯曲作家が、あの岸田今日子のお父さんや、知ってるやろ、岸田今日子。

——ハスキーボイスの？

——そうそう怪談の似合う声やな、あれは。その父親がやな、英語の〈I love you.〉の日本語訳、学生に作らせたんや。大学の授業で。

——私はあなたを愛しています、ではダメなの？

——エエか、「私はあなたを愛しています」って、日本語か、誰がそんな言葉使《つこ》てんねん。英会話の教科書にしか載ってへん〈死語〉やんか。中学校から英語習《なろ》うて、「あなたはどこから来ましたか」「はい、私は京都から来ました」て、誰もしゃべってへん日本語の訳、一生懸命付ける練習して、それでハイ勉強してますゆう顔してんやさかい、どもならんわ。（写真家、空になったグラス手にしたまま続ける）話、戻すけど、学生の一人はこう訳しよった。「月がきれいですね」なかなか面白《おもろ》いやろ。別の学生は「オレについて来い」やった。「……」ゆうんもあったけど、これは卑怯やな。お前さんならどう訳す？

――「海が見たい」

――ちょっと気取りすぎや。

――じゃ、「キスして！」

――なんや、その最後の「！」は。

――その方が情熱的でしょう。

――しょうもな。

――「抱いて」いうのも味けないし、そんなら「一緒にお酒が飲みたい！」

写真家はタバコに火ィつけて、新しく注《つ》がれたバーボンの色眺める。

――小説書けへん訳は、そこや。あいつ、ＮＨＫのアナウンサーの言葉ではゼッタイ小説書きとうない言《ゆ》うんや。分かるやろ。

——だったら、「方言」で書けばいいじゃない。

——そうゆう問題でもないんやな。明治からこっち、二葉亭四迷のいわゆる「だ調」による言文一致体、日本語散文の基礎になっとるわな。それが今、新聞なんかに採用されてる文体や。日本の近代文学の文体ゆうてもエエ。そやけど所詮それは書き言葉や、そうあいつは言《ゆ》うんや。生きた話し言葉から切断されたとこで書かれとる、作られた言語空間やって。そやさかい、その空間破壊して、語りの言葉による、もっと生き生きした言語世界作られへんやろか、それを作りたいねんて、そう言《ゆ》うんや。

——よく分からないわ。

——まァ聞きいな。「標準語」対「方言」、「中央」対「地方」、ゆう政治空間に規定された世界越えて言葉を回復したい、らしいんや。標準語に規定された言文一致体で書いてる限り、明治以降の日本の社会構造に拘束されてることになる。ただ問題は話し言葉は書き言葉に影響するけど、書き言葉も話し言葉規定する、つまり現代の言葉はすでに言文一致体によって作られた話し言葉にすぎひんのや。その限りでは関西弁やろが、鹿児島弁やろが同じこっちゃ。「方言」の問題やないゆうんはそうゆうこと。

——少し分かる気がする。

——話芸いうんがムカシあってな。

——今でもあるじゃないの、落語とか。

——いや、話芸はすでに滅んでる。今の落語家の落語はもはや落語やないゆうんがあいつの持論でな、明治の初めに三遊亭円朝ゆう名人いたそうな。怪談の名人で、「牡丹灯籠」が十八番《おはこ》やった……。

——オハコ、って？

——近頃の若い者《もん》、何も知らんな。その人の得意の演目《だしもの》のこっちゃ。そりゃ、凄かったらしいわ。聞いてるだけでゾクゾクって寒気してきて、それ聞いた晩、恐ァなって夜一人で便所に行けんかったくらいや。そんな芸、今時分誰にできる？　今の落語家レベルやったら、オレかってすぐできるわ。いやもっとうまいで。落語家の勉強不足チュウこともあるやろ。テレビに出てすぐ売れっ子になるしな。そやけどそんなことと違《ちご》うて、もっと根深いとこにある問題は話し言葉、作られた言文一致体の影響うけてすっかり変質してしもてるゆうことや。そっちの方が小説家に言わせたら問題やそうな。そこで喪われた語り、その回復、それがあいつの抱え込んでるテーマなんや。

——難しい理屈こねてないで面白い物語《ストーリー》の小説、沢山書いて売れっ子になればエエのに。

モデルの言葉にところどころ関西弁が混じってくる。

——そこがまた悩みなんや。あいつの書く小説難しいし、専門家以外殆ど読まれてへん。真剣に問題追究して書いたら、殆ど誰も読んでくれへん。かとゆうて電車の中で読み飛ばされる作品も書きとうない。どないしたら商品として消費される作品から逃れられるか……。そんなん不可能やわな。

——そうね、商品以外の作品なんてあるかしら。

——そう言《ゆ》うたり、イッペン、お前さんから、ズバッてそう言《ゆ》うたり。

4

ミャオ族《ズー》について小説家は調べてみよてしたけど、日本の書店にはミャオ族《ズー》に関する書物なんかちっともあらへん。考えてみたら中国の少数民族なんて、日本人関心持ってへんもんな、当然や。たった一つ、ある歴史書繙《ひもと》いてたら、清朝における異民族差別の例載ってた。なるほどな、いつの時代にも差別あるんや。そやけどさすが中国、やること徹底してるわ。明朝敗って清王朝は築かれたんやけど、清王朝は漢族《ハンズー》やのうて北方の女真族《ニュチェンズー》の王朝やった。彼らは漢族《ハンズー》帰服させる手段の一つに「辮髪《べんぱつ》」用いた。一筋の髪、馬の尻尾みたい後ろに垂らす髪型。女真族以外の民族にもそのヘンな髪型強制したもんの、ミャオ族《ズー》だけには認めんかった。清朝社会では辮髪結うかどうかは大きな問題で、辮髪の許されんもんは出世どころか、一般人としてさえ認知されんかった。辮髪はいわばステイタスシンボル。ミャオ族《ズー》は辮髪いっさい許されんと清朝社会から排除されてた。まァ、自分やったらそんな髪型願い下げやけどな……。ミャオ族《ズー》が徹底して刃向こうたん、当然ゆうたら当然や。清朝がミャオ族《ズー》に手ェ焼いたん、いわば自らまいた種、自業自得ゆう見方もできる訳や。そやけど何で清朝はこないミャオ族《ズー》毛嫌いしたんやろ。

——ローマ便り、届いたか？（三ヶ月ぶりや。バーはすいてた）

——新婚旅行とは知りませんでしたな。（笑いながら言《ゆ》う）

——彼女と結婚したんや。

——そうですか、おめでとう。

「五回目ですね」は口に出さんかった。これで十七年で五回の結婚、四年ごとのオリンピックより早い周期、さしずめオリンピック新記録や。

——有り難う。(モデルの声、ちょっと高《たこ》う響く)

——この人、新婚旅行でもあの話の続き、ちっともしないのよ。

——あたり前や、聴衆は一人より二人の方がエエに決まっとるやないか。

——イタリアは楽しかったですか?

——とっても。だけどこの人、スリにあったのよ。

——スリ?

——ジプシーのスリ。

——おもろいで、イタリアでは「ジプシー」がスリの代名詞なんや。

——治安が悪いんは聞いてます。右向いて左向いたら、もう手荷物なくなるて。

——日本やったらすぐ新聞が騒いで、異民族排除てなことになるやんか。それがそうならんとこが面白《おもろ》い。ある日本人、ローマ郊外の森で雨宿りしてたら、二人のジプシー女性がやって来て、彼のコート取ったんやて。それ、俺のもんや言《ゆ》うたら、彼女ら曰く、あなたはこのコートがなくなってもまた買《こ》うたらエエ、それぐらいのお金あるやろ、そやけど自分たちにはない、そやからこれはもろとくって澄ましてるんや。貧しい者《もん》が富める者から奪って何で悪い、チュウ論理が彼らにはあるんやな。

——ヨーロッパて奥、深いな、そんな人たちと共生してるんやから。それで金とられたんですか？

——いいや、ギヤァーって大声でわめいたら、逃げて行きよった。まだ子どもやったな、あいつら。ジプシーて調べてみたらなかなか面白《おもろ》いで。gypsy《ジプシー》の語源は、egyptian《エジプシャン》なんやて。ジプシーがエジプトから来た民族やて思てたとこから来た名前。彼ら自身は〈ロマ人〉やゆうてるけど、差別語の「ジプシー」の方が普及してしもとる。

——いつ頃から、彼ら放浪してたんです？

——それがよう分からんらしい。なんせ奴《やっこ》さんら文字持ってへんので記録あらへん。そやさかい歴史が分からん。フランスの文献に初めてジプシー現れるんは一五四二年ゆうんやけど、多分六世紀から八世紀頃に移動始めたてみられてる。

——どのくらいの人口がいるのかしら？

——それもよう分からん。大体ジプシーは世界中で嫌われてるんで、自分からジプシーて名のる人も少ないんや。嫌われてるゆうたらナチスの虐殺も凄かったで。ユダヤ人もえげつない目に遭《お》うたけど、ガス室で殺されたジプシーも、七、八〇万人はいたみたい。当時ヨーロッパにいたジプシー、百五十万人ていわれてたんで半数ほどガス室送りになったんやな。

――それは知りませんでしたね。（そこで、三人はしばらく言葉失《うしの》うた）
――ところで、月琴《ユエチン》さん、どうなりました？（小説家おもむろに口開く）
――ソウせかさいデカ。その前にもうちょっとイタリアや。ローマで誰に会《お》うた思う？
――この人、平岡さんに会ったのよ。（そう言《ゆ》うモデルに）
――せっかく焦《じ》らそ思てたのに、そんなすぐ言《ゆ》うたらあかへんがな。（苦笑いしてる）
――ローマで？
――そや、今度はローマでジプシー女と一緒に暮らしとった。
――スリ、しながらですか？
――そら、なんぼなんでも面白《おもろ》すぎるで。そやない、通訳しとったんや。いま、イタリアにも台湾からの観光客多いらしゅうてな、あいつ広東語できるやろ、それでローマの旅行会社と契約して、台湾人旅行者専門の通訳ゆうワケや。アイルランドからイタリアへ。あいつの放浪の旅いつまで続くんやろ……。（三人は再び、無言になった）
……大使館に行く訳いかへんさかい、平岡、花琴《ファチン》が用意する言《ゆ》う偽造パスポートでとりあえず日本に帰ることにして花琴《ファチン》と別れた。花琴《ファチン》、また国境越えるらしい。ラウチャウからハノイに行き、パスポート出来るまで数日つぶさなあかんかった平岡、ハノイの図書館で詩人の聞一多《ウエン・イートゥオ》のこと調べたんや。
聞一多《ウエン・イートゥオ》は一九四六年、七月十五日、四十七歳で、昆明《クンミン》の、当時でゆう西南連合大学の教壇を血に染めた。湖北省《フーペェイ》の地主の家に生まれ育ち、北京清華学校卒業後アメリカに三年間留学、そこでお定まりみたいに民族主義に目覚めた。まァ二十世紀前半にアメリカみたいな差別の強い国におったら、ゼッタイ民族主義者になるわな。白人の有色人種に対する差別ひどいもんやから。帰国後『紅燭』『死水』、二つの詩集出して、伝統的詩材、西欧のロマン主義で味付けした「モダン」な作風認められて、また詩論もたくさん発表してて、詩人たちの実作・理論両面にわたる指導的存在やったて、そう書いたァる。抗日戦争時代はもちろん、日本敗ってからも国民党の専制主義に異ィ唱える論客やったんで、ついに蔣介石《チアン・チエシー》の手の者《もん》に暗殺されたゆうことや。聞一多《ウエン・イートゥオ》がミャオ族《ズー》につながる記述、どの本にもあらへん。漢族《ハンズー》とミャオ族《ズー》の抗争に関わってた人物にはどう見ても思えん。同時に殷墟発掘との関わりもさっぱり見つからへんかったし。ここの図書館、殷墟に関する本なんか置いてへん。ハノイにあるはずの中華書局、中国の本売ってる店や、そこ行ってみたかったけど用心してやめた。日本に帰ってからゆっくり探したらエエわ、そう思い直した。月琴《ユエチン》がミャオ族《ズー》と漢族《ハンズー》の抗争に巻き込まれてるん、確かみたいやけど、叔母さんの言《ゆ》うてた、シーユウチイ、チンピンメイっていったい何やろ。

ホテルの部屋で寝ころんでて、日本の友人宛にファックス送ること思い付いた。よう考えたら新婚旅行に出る言《ゆ》うて日本発ってから、もうずいぶん日ィ経つしな。みんな、心配してるかも知れん……。元気や、もうすぐ帰るとだけ記した。翌朝まで返事は来んかった。間に合わんかったなァ。

パスポート受け取って、その足で空港に出かけるつもりで、指定された場所に行ったら、そこにあの漢族《ハンズー》の男と花琴《ファチン》も来てる。男は劉高明《リウ・カオミン》て名のった。平岡は尋ねる。

「どうかしたんですか」

「訳は後で。それよりもう三日待っていただけませんか」憔悴した面持ちで花琴《ファチン》は言《ゆ》う。早《はよ》日本に帰りたかったけど、花琴《ファチン》の申し出や、断れへん。「私もあなたと一緒に行きたいのです」

その夜、ハノイの場末のレストランで、花琴《ファチン》、この三日間に起こった出来事語ってくれた。屏辺《ピンビエン》では叔母さん、家におらんかったん言《ゆ》うまでもないけど、ようやく耳に入れた話では広州《クワンチョウ》で兄の李学《リ・シュエ》誠《チョン》殺されたらしい。ミャオ族《ズー》の蜂起が近い内にあるゆうとこから、疑わしきは罰すで、まずミャオ族《ズー》の李学誠《リ・シュエチョン》が見せしめに処刑された。花琴《ファチン》の故郷、海南島《ハイナンタァオ》ではその噂で持ちきりやそや。彼女、海南島にも広東にも戻らんと屏辺からそのまま再び国境越えて来た。

「きっと叔母も殺されていると思います。もう私には中国に身寄りがありません。だから国を棄てようと思っています。この国にいてもどうせミャオ族《ズー》だということで、政府から迫害を受けるのは目に見えていますから」

「ミャオ族《ズー》に蜂起する予定があるのですか」

「私には分かりません。あるかもしれないし……」

「しかし、勝てる見込みなどないでしょう」

「そうでしょうね。いまの政府軍は強力ですし、それにこれはいつもあの人たちのやり方ですが、ミャオ族《ズー》の人たちを抱き込んでいますから。ミャオ族《ズー》中心の部隊を作り、海南島を攻撃させるつもりなんです」

「同族同士の戦いをさせるというんですね」

「漢族《ハンズー》の汚いやり方です。彼らはこれまでいつもそうでした」

「これを見て下さい」

劉高明《リウ・カオミン》が内ポケットから一枚の紙切れ差し出す。四川省の「常住人口登记表《チャンチュウレンコウドンチイピャアオ》」、日本でゆう戸籍謄本、平岡も実物見るん初めてやった。劉高明《リウ・カオミン》は四川の出身なんやな。そこにハッキリ「民族」ゆう項目あるんやった。

「私たちは終生、民族というクビキから逃れられないのです」

こんな時に不謹慎やけど、思わず笑い出しそうになったん、その横に「文化程度」てあったことや。

「大学」て書いたるさかい、学歴のことなんやろな。そうか学歴は文化程度なんや。

「それにミャオ族《ズー》という呼称もそうです」

「ミャオ族《ズー》は本当は『モン族』ないし『ムウ族』というのですが、ヤオ族《ズー》にしろミャオ族《ズー》にしろ、その言葉は『蛮子《マンズ》』から来ています。ミャオ族《ズー》の人たちは自分たちの呼び名さえ変えさせられているのです。モン語も公的な場では一切語られることはありませんし政府の要職にも着くことはできません。あなたはなぜ海南島《ハイナンタァオ》にミャオ族《ズー》がたくさん住んでいるかご存じですか?」

「ミヤオ族《ズー》の故郷、ではないのですか」

劉高明《リウ・カオミン》、大きな口開けて笑う。「飛んでもない。ミヤオ族《ズー》の故郷は揚子江流域ですよ。いいですか、海南島は宋の詩人蘇東坡《そとうば》が流されたように、ずーっと昔から囚人流刑の島だったのです。ミヤオ族《ズー》の主立った人たちがその海南島に強制移住させられたのは明代のことですが、この屈辱があなたには理解できますか。徒刑者でもないのに流刑の憂き目に遭わされるのですよ」そう勢いよう言《ゆ》うて、一息ついた劉《リウ》。

「中国三千年の歴史はミャオ族《ズー》排除の歴史でもあるのです。政府は表向きは少数民族を尊重するようなことを言っていますが、相変わらず漢族《ハンズー》偏重、自民族中心主義《エスノセントリズム》です。少数民族の生活の貧しさが何よりもそれを証明しています。差別は就職だけではなく、婚姻その他にも及んでいますが、少数民族が漢族《ハンズー》に抵抗できない一番の理由は軍事力です。人民解放軍は八〇年代、鄧小平《ドン・シャオピン》のもとで百万人の削減が行われ、江沢民《チアン・ザーミン》は二〇〇〇年までに総計五十万人にまで縮小するとは言っていますけれども、それは武器の高度技術化の結果にすぎず、実質的な軍事力は遙かに向上しています。結局力でねじ伏せられているのです。もちろん漢族《ハンズー》の中にもそれに気づいて、ミヤオ族《ズー》を含めた少数民族の真の解放を願っている漢人もいるにはいますが、あくまで少数です」

あなたもその一人なのですね、ゆう意味こめて男に向かって頷く(この男、花琴《ファチン》に首ったけなんやな、そう直観する)。

「そして聞一多《ウエン・イートゥオ》教授もそうだった、ということでしょうか」

「彼のことは初耳です」確かに辞書には民族主義に目覚めたてあったけど、目覚めたんは漢族《ハンズー》主義である方が辻褄は合う。ほんならミャオ族《ズー》に殺されたんやろか。そやけど叔母さんはっきり「漢族《ハンズー》に殺された」言《ゆ》うてたはず。分からんな、よう。

「ディズニーランド計画？」

「迪斯尼《ディスニー》乐园《ランド》計画もひどいものです」

「九八年に、合衆国大統領クリントンが中華人民共和国を訪れました。その際、クリントンは両国の友好関係強化策の一つとしてディズニーランドの建設を申し出、江沢民《チアン・ザーミン》はこれを了承しましたが、それは江沢民《チアン・ザーミン》に一つの計画があったからです」

——二〇〇七年ね、香港にディズニーランドが出来上がるの。新聞で読んだわ。

——そうなんや。実はこれが今回のミャオ族《ズー》蜂起の直接の契機なんや。劉《リウ》の話によるとな、中国政府は内陸部の開発ゆう名目で昆明《クンミン》から香港まで高速道路通す計画、発表したんや。昆明、桂林《クイリン》から貴州《クイチョウ》省にかけてゆうたら、ミャオ族《ズー》の大半、住んでる土地や。高速道路作るてなると、すぐ周囲の土地、「開発」することになるわな。実はこれが口実に他あらへん。つまり開発ゆう名目で貴州省の南部、雲《ユン》南《ナン》省、広西《クゥアンシー》自治区の一帯からミャオ族《ズー》追い払おうゆう魂胆らしい。追い払うゆうより四散させ、民族としての統一性崩そォゆうワケや。住民、移住させてもお役所の人間は他にちゃんと土地与えたら文句ないはずや言《ゆ》うんやけど、そんなことあらへんわな。生活の基盤その地に出来てるんやさかい、よそ行ったってまたイチからその基盤作らなアカン。まァそんな理屈より、ミャオ一族の解体政策て、ミャオ族《ズー》の連中感じ取ったんや。それで貴州、雲南、広西、広東のミャオ族《ズー》一斉に反発したことが今回の蜂起騒動の直接の原因なんやて。

「詳しく説明しないとお分かりいただけないかも知れませんが……」劉高明《リウ・カオミン》が続ける。「背景には我が国の〈東西問題〉があるのです。中国は社会主義社会であるにもかかわらず、七九年には香港の隣の深圳《シェンチェン》や、珠海《チューハァイ》、汕頭《シャントウ》、廈門《シアメン》の四地区を〈外資誘致〉地域として、八四年には天津《ティエンチン》、上海、大連《ターリエン》、広州《クワンチョウ》など沿海地域十四都市の、海外への経済開放を打ち出しました。ところが地図を見ると分かりますようにこれらはみな海沿いの中国東部。経済が発展してますます豊かになる東部と、山の多い内陸部つまり西部とでは経済格差がひどくなってきています。これが中国の〈東西問題〉です。大都会上海出身の江沢民《チアン・ザーミン》は官僚上がりの狡猾な政治家、農村のことをよく知らないので平気で東西格差を広げるような政策を打ち出してきます。農村の貧困はひどいもので、年収にして平均三〇〇元以下、日本円で四〇〇〇円ちょっと、四〇〇〇円ですよ。要するにきちんと食べていけない人の数が九七年でざっと五百万人。彼らは中国の西南部、要するに貴州《クイチョウ》、雲南《ユンナン》に多いのです。それはとりもなおさずミャオ族《ズー》の居住地です」

十数億の人間を食べさせるゆうんはしんどいことやで。江沢民《チアン・ザーミン》や政府首脳がいっつも頭悩ませてんのは食糧問題。これ、日本みたいな工業小国には分からんことや。

「政府はアメリカを信用していません。アメリカがディズニーランド建設を契機に中国の経済に大きな力を持つことを懸念しています。活性化はさせて欲しいが、支配力は握って欲しくない。これが中国共産党の本音でしょう。それに江沢民《チアン・ザーミン》は今回のディズニーランド計画に関してはミャオ族撲滅《ズー》という隠微な計画を隠し持っていますから、いわば脛《すね》に傷を持つ身、それで内紛を勘づかれないようアメリカの一挙手一投足には敏感になっているのです」

平岡、気になってたこと尋ねてみる。「シーイウチイって何ですか」

「……『西遊記《シーイウチイ》』のことじゃないですか」

「なるほど『西遊記《シーイウチイ》』ね、するとチンピンメイは、『金瓶梅《チンピンメイ》』のことだったのか」

「それがどうかしたんですか」

男の質問、遮るみたいに花琴《ファチン》語り始める。「お願いがあります。私をアメリカに連れていって下さい」

「アメリカ?」突拍子もない申し出に戸惑った。

「なるほどアメリカには自由があるかも知れない。少なくとも漢族《ハンズー》の差別はない」

「私は英語ができません。彼も。誰か手伝ってくれる人が必要なのです」

また利用されるんかて少し腹立たしかった。月琴《ユエチン》に利用され、今また花琴《ファチン》に利用されるんか。

「日本に帰ります」

「そうですか……。そうですよね」

「一緒にここを出ることは承知しましたが、アメリカまでは付き合いかねます。私には私の生活がありますから」口にしながら何とのう居心地の悪さ感じてた。いんようになった恋女房探しに生活なげうって出かけてきたんと違《ちご》たんか。月琴《ユエチン》のおらへん日本での生活なんか考えらへれん、そう思て日本後《あと》にして来たはずや。月琴《ユエチン》はまだ見つかってへん。そやのに日本に帰ってどうするんや？　とりあえず三日後、一緒に日本行く約束だけして、その夜、別れた。再びホテルに戻ったら、フロントが気まずそうな顔して、ファックス来てましたけど、もう発たれてたんで処分してしまいました、て。まァエエか、どうせ三日後に帰るんやし、そう思うて、笑い返す。

「feng shi feng, feng shi feng,…」

夜になったら思い出す。一人になったら耳に響くんや、あの歌声が。平岡の部屋に初めて泊まった翌朝、月琴《ユエチン》に開けてもエエかて声かけたら、ギターつま弾く音がする。

「どうぞ……。よかったですか、勝手に弾いて」

「長いこと、ホコリをかぶっています。学生時代には友だちとよく合奏しましたが」

「一曲弾いて下さい」

土曜の朝なのでまだ寝てる連中もいるやろと静かな曲選んだ。学生も多い木造アパート。

「いい曲ですね」

「中島みゆきの『砂の船』という曲です」ホンマはこんな歌なんです言《ゆ》うて、CD取り出しかけてみた。聞き終わるや彼女もう一度弾いてくれ言《ゆ》うて、平岡すぐ驚かされることになった。月琴《ユエチン》はメロディーも歌詞も今聞いたばっかしの曲とすっかり同《おんな》じよう唱《うと》うて見せたんや。記憶力、並み外れてる。これやったら日本語すぐマスターできるな……。歌も「うまい」ゆうだけやない、魂の奥底に響く、そんな形容しとなるような変わった唱《うた》い方やった。歌声のどっからそんな力湧いてくるんか説明できひんかったけど、ジーッと聞いてたなるよな唱《うた》い方や。ただ奇妙な感じしたん、彼女の声、ギターの音程に逆らってるみたいやったこと。西洋音階に乗らへん、けったいな音程の取り方や。

パスポートに花琴《ファチン》、平岡の妻てあった。夫婦の方が怪しまれへんさかい。男にしろ女にしろ、単独渡航は注目されやすい。空港で花琴《ファチン》に逢うた時、劉《リウ・》高明《カオミン》、もうおらんかった。今朝、中国に戻ったそうや。昨夜は熱い別れ、二人は交わしたんやろな。

「アメリカのオクラホマに伯父がいるのです」

「伯父さん？」

「ええ、月琴《ユエチン》の父」出し抜けに、花琴《ファチン》は言《ゆ》う。アメリカに付き添わせるための駆け引きやろか。今頃こんなこと言い出す彼女に今度はほんまに怒り覚えた。

「ウソでしょ！」

「信じるか信じないかはあなたの勝手です。日本についても私はすぐにアメリカに行きます。関西空港まで、です、夫婦としての旅は」

迷うた。無性に日本に帰りたい。アパートで手足伸ばしてゆっくり眠りたいし日本語が懐かしい。日本語毎日話したかった。

「月琴《ユエチン》のこと、知りたくないのですか！」この一言がその後の生活決めてしもた、この時二度と故国の地踏むことないなんて、そらぜんぜん思わんかったって、平岡、言《ゆ》うとった。

平岡夫妻はオーストラリア経由してアメリカに向こうた。飛行機の中で花琴《ファチン》はミャオ族《ズー》の歴史と李一族のこと、語ってくれたんや。漢族《ハンズー》の男、劉高明《リウ・カオミン》の言《ゆ》うた通り、ミャオ族《ズー》の歴史は漢族《ハンズー》との戦いの歴史やった。中国は歴史の国、二十四史ゆうて、歴代の王朝の史書が編纂されてる。『史記』『漢書』から始まり『明史』まで、まだ正史とは言い難い『清史稿《しんしこう》』入れたら二十五史やけどな。その『史記』からすでに「三苗《サンミャオ》」「有苗《イウミャオ》」ゆうてミャオ族《ズー》は現れてるんやけど、その後は「狢《ハオ》」とか「猺《ヤオ》」ゆう漢字当てられ、ヤオ族《ズー》て呼ばれたらしい。ケモノ扁は差別の現れ、野蛮人ゆう意味の。その後「猫猺《マオヤオ》」とか「猫人《マオレン》」とか表記され、だんだん今のミャオ族《ズー》ゆう呼称定着していったんやけど、それは隋代以降のことや。正史見たら分かるけど、ようこんだけ反乱するなゆうぐらい反抗しとる。「三十年一小反《サンシニエン・イーシャオファン》」、「六十年一大反《リウシニエンイーターファン》」つまり「三十年に一度は小反乱、六十年に一度は大反乱」、そんな地口も生まれた。このエネルギーどっから来るんやろ？　漢族《ハンズー》に帰順した「熟苗《シュウミャオ》」ちゅうミャオ族《ズー》に対しそうでないんは「生苗《ションミャオ》」。この「生《ション》」は悪口、ナマゆうことで文化のない、野蛮な、ゆう。明朝では「生苗の乱」ゆうてずいぶん恐れられたもんや。一番勢いあったんは明代、そう花琴《ファチン》は言《ゆ》う。貴州《クイチョウ》のミャオ族《ズー》は徹底して反抗したみたいで実際かなり優位に立ってもいた。

ミャオ族《ズー》の一番勢いあった時は同時に一番弾圧の厳しかった時期でもあって、ミャオ族《ズー》の人たち、漢《ハン》族《ズー》と同じような漢字名、名のらされるようなったんもこの時期や。何でミャオ族《ズー》、反乱するかゆうたら、元々揚子江の流域、彼らが住んでたのに、漢族《ハンズー》の歴代王朝、版図拡大のため彼らの土地奪ってきた。山間地帯に追いやられたん、何千年にも及ぶ漢王朝の攻撃のため。ジワジワ追いやられていったんやな。もともと農耕民やったんが山間部に追いつめられ、今では林業か焼き畑農業みたいなことしかでけんようなってる。〈東西問題〉の発端はここにあるんや。そやさかい正義はミャオ族《ズー》にある、て言えるんやな。「インディァン」とまったく同《おんな》じ。土地奪われたら農耕民族や遊牧民族怒るで。土地が生活支えてんやから。彼らは死命賭して戦こうた。

一八五五年の貴州《クイチョウ》大蜂起はそれこそ漢族《ハンズー》を圧倒する大きな勝利もたらした。ヤオ族《ズー》は二十余年前、族長「ターロウ」に率いられ、大蜂起したんやけど、清《しん》朝の猛反撃くろうてこの時はもう気息奄々《えんえん》。（この時、ヤオ族《ズー》やっつける討伐隊長やったんが王守仁、陽明学の開祖、王陽明や）そやけどミャオ族《ズー》の指導者張秀眉《チャン・シュウメイ》、太平天国の乱起こした洪秀全《ホン・シウチュアン》とも手ェ結んで大奮闘、貴州の東南部一帯を完全にミャオ族《ズー》の支配下に置いた。ところがや、こっからが悲しいとこで、張《チャン》には妻もいたけど、漢族《ハンズー》の王光英《ワン・クアンイン》ゆう女性が戦利品としてもたらされるや、その色香に迷うてしもた。女性、「傾城」「傾国」てよーゆうたもんや。中国人はよう知っとたな、男の弱み。楊貴妃と玄宗皇帝、持ち出すまでものう政治に女は付きもんで、毎日デレデレしてる首領の他愛なさ責めた忠臣彭正忠《ポン・ジョンチュン》、逆に王光英《ワン・クアンイン》によって張《チャン》の妻と通じてるゆう、あらぬ噂立てられ、詰め腹切らされる運命。これを機にミャオ軍は一気に士気喪失してしもた。反攻に転じた清軍がここ貴州の地で殺戮したミャオ族《ズー》の数はざっと百万人、そういわれてる、百万人！　やで。それ以後、抑圧され続けたミャオ族《ズー》の中には張秀明《チャン・シウミン》に変わる新しい救世主求める信仰広まっていったんも、分からんではないな。もちろんこんな話、中国の正史に載ってへん。ミャオ族《ズー》の間で密かに語り伝えられてるだけや。それを花琴《ファチン》、平岡に語ったんや。

――ここでお前さんのために（とモデルに言《ゆ》う）ちょっと説明しといたるわな。清朝滅亡の一大要因となったんが太平天国の乱。一八四〇年のアヘン戦争でイギリスに負けてしもた清朝、厳しい賠償ふくむ南京条約のまされ、ために物価は高騰、多くの人たちが困窮してたんや。そこで怒り狂った洪秀全《ホン・シウチュアン》ゆう男が一八五一年、広西《クワンシー》省で挙兵し、太平天国ゆう独立国建てた。沢山の貧農味方に付けた太平天国軍、二年後に南京を占領、首都ォこの地に移して猛威ふるったんやけどな、そこまでやった。イギリスなんかの義勇軍の力得た清朝の反撃に合《お》うて、一八六四年に滅んでしもた。イギリスはそら清朝滅んでしもたら南京条約もホゴになるんで必死に応援するわな。

ただ中国の歴史見てて面白《おもろ》いんは王朝つぶされるん必ず農民反乱やゆうこと。王朝の変わり目には決まって大規模な農民の反乱が起こってる。そやさかい為政者はいっつも農民の反乱だけには神経質になってるんや。

それにこれが大切なんやけど、花琴《ファチン》の言《ゆ》うには月琴《ユエチン》の一族、シャーマンの一族やったんやて。昔々のその昔から兄と妹の生まれた一族より巫女《みこ》が選ばれ（日本の卑弥呼や邪馬台国と似てるやろ、その他にも校倉《あぜくら》造りの家やら貫頭衣・フンドシ、イッパイ似てる点あるんやで。ミャオ族《ズー》と日本人、一説では同じ民族なんや）兄が妹である巫女に助けられて政治執り仕切るゆうんがこれまでのミャオ族《ズー》の神権政治やったらしい。巫女は俗世の結婚なんかせえへん。巫女は神の嫁はんやさかい結婚相手はミャオ族《ズー》の神さんなんやけど、そんなことゆうたかて神さんとでは子どもでけへん。神さんにはＤＮＡあらへんよって不可能や。そこで神に成り代わるこの世の男がどないしても必要になるんやけど、そいつは信仰上神ゆうても現実には普通の男でしかないわな。エエ加減な話やで。どうもここらあたりに今回の出来事の核心があるらしいんやが、あんまり先走ってもしょうがないんで、ほなアメリカの話に入るで。

第三章　オクラホマシティー

1

「『西遊記《シーイウチィ》』と『金瓶梅《チンピンメイ》』のことはよく分かりませんが」そう前置きして、花琴《ファチン》語り出す。アメリカのホテルの一室。ようやくオクラホマまでたどり着き、月琴《ユエチン》の父親と明日、街で逢うことになってる。
「『水滸伝《シュイフウチュアン》』て、知っておられますね」平岡黙って頷く。
――シュイフウチュアンて、何なの？（いきなりモデルが割り込む）
――『水滸伝《すいこでん》』のことや、章回小説の。十二世紀頃の宋朝の出来事を語った講談、元の施耐庵《シー・ナイアン》や明の羅貫中《ルオ・クアンチュン》がまとめた章回小説で、虎退治で有名な武松、それから親分格の宋江、林冲なんか百八人の盗賊が梁山泊、根城に活躍するお話や。ついでに言《ゆ》うとくと、劉備玄徳、諸葛孔明、曹操の戦い描いた『三国志演義』、孫悟空でおなじみの『西遊記《シーイウチィ》』、西門慶ゆう男と藩金蓮、李瓶児、春梅たちとの愛欲生活描いた『金瓶梅《チンピンメイ》』、これら併せて「四大奇書」ゆうんや。その他にも明代には章回小説、仰山作られた。清代にも賈栄国《こえいこく》の紅い家で貴公子宝玉を中心に繰り広げられる恋愛絵巻『紅楼夢』や幻想的な短編集『聊斎志異《りょうさいしい》』、腐敗した官僚制描いた『儒林外史』なんかあるんや。分かったか？　続けるで。

「あれは漢族《ハンズー》との戦いで亡くなった兵士への鎮魂歌なのです。施耐庵《シー・ナイアン》も羅貫中《ルオ・クアンチュン》もミヤオ族《ズー》の者。彼らは亡くなった兵士の霊を弔うためにも自分たちの抵抗の跡を残さなければならないと筆を執ったのでした。もちろん宋江、林沖、魯智深、九紋竜史進、それに武松などの登場人物はミヤオ族《ズー》の兵士を彷彿とさせますし、政府に対するあの激しい反抗心、あれこそミヤオ族《ズー》の気概です。漢人の歴史になぞらえていますがミヤオ族《ズー》のことを語っているのです。宋代にもけっこうミヤオ族《ズー》は漢族《ハンズー》を苦しめていたのですよ」

――言われてみたら、『水滸伝《シュイフウチュアン》』、前半こそ勇壮な百八人の武勇伝やけど、後半は政府軍によって懐柔され、挙げ句の果てはだまし討ちに合《お》うたり毒殺されたり、皆《みんな》死んでしまいよる。それに彼らの徹底した「反権力」の衝動、確かにミヤオ族《ズー》に通じるもんあるわな。

「太平天国の洪秀全《ホン・シウチュアン》ははっきりミヤオ族《ズー》でした。出自がそれを明確に物語っています。彼は広東省花県の客家《ハッカ》出身です。客家とは元々よそ者の意味ですが、これは漢族《ハンズー》から見た呼称。山間の僻地を移住し続けた彼らは漢族《ハンズー》と同化することを拒んできたミヤオ族《ズー》の子孫です。分断化して勢力を殺《そ》ぐのは一貫した漢族《ハンズー》の方針。ヤオ族《ズー》を分断し、ショオ族《ズー》を切り離し、客家を山間に追いやりました。かなり昔からミャオ族《ズー》は李氏を称す一族によって宰領され、その下に純血種である『真苗《チェンミャオ》』の呉《ウー》、龍《ロン》、石《シー》、麻《マー》、廖《リャオ》の五氏が位《くらい》し、さらにその下に楊《ヤン》、施《シー》、彭《ポン》、張《チャン》、洪《ホン》の五氏がいるという整然とした秩序を持っていました。李氏は王とシャーマンを兼ね、月琴《ユエチン》や私たちはその家系です。ですから施耐庵《シー・ナイアン》や洪秀全《ホン・シウチュアン》の姓からも彼らがミャオ族《ズー》であったことは確かだと思えるのです。一方、漢族《ハンズー》は正史においてはミャオ族《ズー》を〈猫族《マオズー》〉とか〈猺族《ヤオズー》〉とか様々に記して野蛮人扱いするとともに、できる限り弱小民族として記述することを心がけてきました。それが中国の歴代の王朝だったのです」

一人や二人の力ではどないしようもない、個人の力遙かに越えた大きな力、目の前に立ちはだかってるみたいやった。怒りゆうても充分チャウし、悲しみゆうても当たらへん複雑な表情、花琴《ファチン》浮かべてたけど、平岡は自分の無力に打ちひしがれざるを得んかった。月琴《ユエチン》もその大きな力に打ちのめされた一人やったんやろか。月琴《ユエチン》の薄い肩、ミャオ族《ズー》の脆《もろ》さそのものに思いなされてくる。と同時に平岡複雑やった。花琴《ファチン》の中にある近寄りがたい膠着的な憎しみが不快感誘うんや。それは月琴《ユエチン》がちっとも持ち合わせてへんかった、少なくとも平岡に向かっては見せへんかった類いの感情や。理屈では花琴《ファチン》の言《ゆ》うこと理解でけたし共感もしてるんやけど、それをまるで絶対的真理述べ伝える預言者か伝道師みたいに言いなされたら、そこに他人受け容れへん偏狭さ、凝り固まった怨念の悪臭嗅ぐみたいで不快感が避けられへんのや。それにまた徹底して傍観者の責任追及するような、平岡の無力責めてるみたいな、意地の悪さまで感得されるんやった。思い過ごしかな……。花琴《ファチン》にそんなつもりあらへんのやろけど、月琴《ユエチン》いんようなった悲しみ、どないしよーもない無力感、それが反転してミャオ族《ズー》や漢族《ハンズー》との闘争、そういったもんへの苛立ちになってるだけなんやろな……。ナーバスになってるんやろか……、それとも単に疲れてるだけなんやろか。

「feng shi feng, feng shi feng ...」

小さい口から漏れる歌声。そやけど月琴《ユエチン》は大陸におけるミャオ族《ズー》の苦難なんか一言も話さへんかったなァ……。話しても仕方ない思うたから話さへんかったんか、月琴《ユエチン》。夫には関係あらへん、自分たち民族だけの問題や思てたんか。ひょっとしたらホンマにミャオ族《ズー》棄てたつもりやったんか。中国出る時、すべて棄ててしもてたんか。棄てるために自分を利用したんか。それともホンマに愛してくれてたんか……。そやけど人間て、民族や国籍と無関係に生きることできるんやろか。生きて来た過去とそう簡単に別れることなんかでけへんはずや……。それにしても何で一言だけでも言《ゆ》うて行ってくれへんかったんや、月琴《ユエチン》。

「あのケース、何?」そう尋ねたら黙って部屋の隅に置いたァったケース取りに行く。日曜の朝や。ケースの中からこぶし大のお椀状みたいなもんが一つと長短不揃いの筒が数本出て来る。どうやら楽器の一種みたい。そのお椀みたいなもんの上に筒突き刺して、リードつけて手渡す。鶴首状のリードに口当てて吹いてみたけどいっこうに音出えへん。尺八でも首振り三年ゆうて、こうゆう楽器難しいんや。

「漢語で芦笙《ルーション》と言ってるわ」

「吹いてみて」

「今度ね」それ以来とうとう聴く機会なかった。ミャオ族《ズー》の民族楽器でイウファンの時に吹くらしい。イウファンは、今は年に一度しか行われんようなったけど、異なる部族の者《もん》、村外れの杜《もり》に集まって向かい合《お》うて並ぶ男女、歌唱《うた》い交わして互いに意気投合したら、花帯《サイソ》、腕輪や指輪、髪留めなんか交換して婚約のしるしにする……。聞けば聞くほど日本の歌垣《かがい》に似てる。そや、あの夜、布団の中で唱《うた》い交わしたん、月琴《ユエチン》の開いた歌垣《かがい》やったんや。求愛の振る舞いやったんや。

「情愛は永久《とこしえ》に変わらず／ともに髪の白くなるまで／石に花咲き猫に角生えるまで／離れることはありませぬ」そう唱《うと》うて、歌詞普通話《プートゥンファ》に訳してくれた、笑いながら。「石头开花猫角生《シィトウカイファマオチァオション》」、「石に花咲き、猫に角生え」ゆう戯れ歌やて教えてくれた、いつまでも笑いながら。

2

アメリカの空港に着いてから、嶋田に電話した。

「アホ、お前、いまどこにいるんや！」

「すまんな、オクラホマや」

「オクラホマ？　なんでそんなとこにおるんや。こないだのファックスなしのつぶてやで」

「ワケはまたゆっくり話すさかい、聞一多《ウエン・イートゥオ》と殷墟の資料送ってくれへんか」

「聞一多《ウエン・イートゥオ》と殷墟？　どういうこっちゃ」

「エエからすぐ頼むわ」

「それぐらいするけどな。そやけどいつ帰ってくるねん？」

「分からへん。当分帰れん思う」

「教務の方にどう言《ゆ》うとこ？」

「適当に頼むわ」

「太田先生には？」

「それも適当に」勝手な言い分に怒ってそうな友人の顔つき目に見える。けどそんなことどうでもエエ気ィしてる。日本での生活が何や遠い昔の出来事に思えてくる。それよりファックスで送られてきた資料には興味深いこと記されてた。

聞一多《ウエン・イートゥオ》は詩人として活躍したばっかしか、死ぬ間際には考古学や中国の神話に関する論文発表してることや。欧米の人類学、言語学、考古学の最新の方法や成果取り入れて、中国の古典新しく読み直すことしたんや。その成果が「伏羲考」「高唐神話伝説の分析」ゆう論文らしい。殷墟と詩人、ようやくつながってくる。今中国の正史に記されてる歴史ん中で実証されてる王朝の初めは殷や。一八九九年、河南《ハーナン》省の安陽《アンイヤン》県で発掘された殷墟、これが一番古い実在王朝の跡やいわれてる。西暦でゆうたらおよそ紀元前一六〇〇年頃。まァそっから計算したら夏王朝が仮に実在したんやったら、だいたい紀元前二〇〇〇年前後、ゆうことになるらしい。正史『史記』に記されてる歴史は五帝ゆうて、黄帝《こうてい》、帝顓頊《せんぎょく》、帝嚳《こく》、堯《ぎょう》、舜《しゅん》、その後に来るんが禹《う》王の建てた夏王朝、その次が殷王朝、そして周に続く。夏王朝以前の実在はまだ証明されてへん……。そやけど紀元前一六〇〇年頃の殷墟の発掘がなんでミャオ族《ズー》と漢族《ハンズー》の争いに関わるんか、やっぱし分からへんなァ。

月琴《ユエチン》の父が、ここ、オクラホマシティーの近くに住んでるゆう。派手な化粧、胸も露わに短いスカートまとった女の一人が花琴《ファチン》に罵声浴びせる。何でお前みたいな「オンナ」ここへ来るんや、そんなこと言《ゆ》うてるみたい。平岡も英語は中国語ほど得意やあらへん。街角のコーヒーショップ「サブリナ」、午後の十一時やった。花琴《ファチン》、叔母さんから月琴《ユエチン》の父との連絡場所聞いてた。花琴《ファチン》は怯えてる。無理ないわ。数日前まで中国の田舎に住んでて、いきなり風俗も言葉も違う土地にやって来た上、「サブリナ」への道には街娼、立ち並んでるし、花琴《ファチン》は身体震えて声も出んようや。腕に縋《すが》り強ゥ握りしめてくる。

約束の店はテーブルが五つ、六つ、それにカウンターだけ、さほど大きゅうない。伝言では大柄なインディァン女性、それしか聞いてへん。向こうから見つける、て。こっちはアジア人の二人連れ、それだけでけっこう目立つさかいすぐ逢えるやろ、ゆうワケや。その女が月琴《ユエチン》の父への案内人。一番手前のテーブル席、一人の大女がいて、すぐにくわえてるタバコ消してこっちを眼で迎える。平岡と花琴《ファチン》まっすぐ向こうた。席に着く時、カウンターん中のヒゲ生やしたバーテン、チラッてこっち見たようや。

「Miss Woo?」代わりにイエスて答えてやる。英語さっぱり分からん花琴《ファチン》まだ震えてるんや。相手が

「スグニ行キマスカ」言《ゆ》うて立ち上がりかけたけど、「彼女ガ落チ着クマデ、チョット待ッテ欲シイ」女性は心配そうに花琴《ファチン》見て、何か温かいもん、飲んだ方がエエ言《ゆ》うて、ホット・チョコレート注文しようとして、「ソレトモアルコールガイイ?」花琴《ファチン》首を振る。女性が身体ねじってカウンターの中の男に大声で注文した。

「気分デモ悪イノ?」手ェ延ばしてテーブル越しに花琴《ファチン》の額に当てる。

「熱ハナイヨウダケド……」

「長旅デ疲レテイルダケデショウ」平岡が取りなす。「みすたー・ろんハ、ドコニイルノデス」

月琴《ユェチン》の父、龍受申《ロン・ショウシェン》ゆうたんや。

「ココカラ南へ車デ三時間ホドノ山アイ……」

「三時間!」

うんざりしたよな彼の声に「三時間ナンテスグヨ。ソレニイイ車ダシ、乗リ心地モ悪クナイワヨ」

「ちょっと手洗いに行っていいですか」花琴《ファチン》小さな中国語で訊く。

「ドウカシタノ?」女性が花琴《ファチン》の顔のぞくよに尋ねる。平岡頷いたんで花琴《ファチン》立ち上がった。

「といれデス。気分ガスグレナイヨウナノデ、ネ。スグニ戻リマスヨ」

女性も立ち上がり、手洗いの場所を指さす。「中国カラダト遠イノデ疲レルワネ」大げさな表情で首すくめる。平岡オーストラリア経由して来たこと、空港からの道のり、それにホテルで三日間待ってたことなんか話した。話しながらカウンターん中のヒゲが気になってる。さっきからこっちの方、観察してる風や。アメリカの警察動いてるんやろか。パスポート偽造やし、ヤバイ点確かにある。それに中国政府のスパイなんかもきっとこの国にはおるやろし、月琴《ユエチン》の父の住む町の近くやったら、その手の者張《もん》り込んでてもチットモ不思議なことあらへんしな……。けどバーテン、平岡と眼ェ合《お》うたら知らんふりして、視線逸らしよった。そこへ小柄な白人女性が一人、一目で玄人と分かる厚化粧で入って来て一番奥のカウンターに座る。

「みすたー・ろんハ、娙御サンニオ会イニナルノヲ、トテモ楽シミニシテイルワ」

「ソウデショウネ。何年ブリナンダロウ?」

「詳シイコトハ聞イテナイケド、彼ハ小サイ頃ノみす・うーシカ覚エテイナイヨウヨ。十年以上ニナルノハ間違イナイワネ」

さっき入って来た厚化粧の女性、手洗い室に入ったんでちょっと嫌な気ィした。

「みすたー・ろんハ、オ元気デスカ」

「エエ、トテモ。毎日、乗馬ヲ楽シンデテヨ」

「馬デスカ」

「コチラニ来テカラ、練習シタヨウネ。中国デハ馬ニハ乗ラナイノカシラ」

「乗ラナイコトハアリマセンガ、彼ラノ一族ハ乗ラナイハズデス」農耕民族のミャオ族《ズー》が馬に乗るなんて苦しそや。

「チョット、みす・うーヲ、見テキマス」立ち上がろてした時、花琴《ファチン》が出て来る。ハンカチで口押さえて考えがたいな。

「ご免なさい」

「大丈夫なの？」

頷く花琴《ファチン》、ハンカチで口押さえたまま下向いてる。

「デハ出カケマショ」女性がバッグを取り上げた時、花琴《ファチン》こっそり囁く、今日はもう行きたくないの。

「どうして？　せっかくここまでたどり着いたのに……」

「どうしても……、お願いだから」

よっぽど気分悪いんかな。平岡少し苛立ったもんの、肝腎の彼女がそう言《ゆ》うんでは仕方のうて

「ゴ免ナサイ。みす……」

「じゃっきート呼ンデ」

「じゃっきー、彼女ハドウモ体調ガ悪イノデ、出来レバ今日ハほてるデユックリ休マセテヤリタイガ」

「スグソコヨ」

「デモ三時間デショ」

「飛バセバ二時間モカカラナイワ」

二時間の車が耐えられへんのか、強い口調でつい花琴《ファチン》に言《ゆ》うた。花琴《ファチン》、平岡の目ェじっと悲しそーに見て、首横に振る。

「無理ノヨウデス」

「オオ……」女性はホンマに残念そに天仰いで「ジャ明日ノ朝、ほてるマデ迎エニ行クワ。ほてるノ名ハ？」

「えこの・ろっじ。N・ぶらいあんとノ、７４１２」

「明日、朝一番ニ行クワヨ」

花琴《ファチン》を抱きかかえるように店出る。ジャッキー心配そうに、いつまでも見てた。

すぐ前に停まってるタクシー乗ったら、車、何も言わへんのに動き出す。運転手に文句言《ゆ》おてしたら
「待って、アンに会うの」

「アンて？」

「いいから、この先よ」さっきとはうって変わった勢い。角二つほど曲がったら、大きなグレーのステーションワゴンのドアが開いて、大柄な女性中から手招きする。「アンよ」どういうことか分かりかねたけど、タクシーから降り、花琴《ファチン》に押されるように乗り込んだ。車すぐに動き出す。

「追ッテハ来ナイヨウネ」

「誰ガ」

「ＣＩＡ」

　絶望的な、ゆうより滑稽な気分になる。中国政府の次は、ＣＩＡ、いったいどないなってんや。

　――ちょっと待って下さいよ。それってホンマに花琴《ファチン》さんの言葉ですか、それとも平岡氏から聞いた片言隻句《へんげんせきく》もとに勝手に組み立てて作らはったんチャウんですか？

　――滅相もない。すぐに分かるさかい、まァ黙って聞きィな。

　――なんか出来すぎよね、話が。

　アンの英語は早口で詳しう分からんけど、どうやらジャッキーは漢族《ハンズー》の、つまり中国政府の指示で動いてたらしい。二人を拉致したかったんやろか。それに何より驚いたん、ＣＩＡに監視されてるゆうこと。ＣＩＡは、「インディァン」保留地での不穏な動き察して、情報集め始めてるゆう。一方中国政府、あくまで花琴《ファチン》と平岡どこまで事実つかんでるんか、月琴《ユエチン》とどっかで接触するんやないか、そう疑《うたご》うて追いかけてる……。アンの言《ゆ》うおおよそのこと伝えてやったら、花琴《ファチン》、龍 受 申《ロン・ショウシェン》と連絡とろてした自分の軽率さに思い至ったみたい、無言のままや。

「どらごん、みすたー・ろんハココデハソウ呼バレテイルケド、彼ニハ会エナイト思ウワ。ソレニ花婿《ブライドグルーム》サンモ」アンが申し訳なさそうに言《ゆ》う。

「ドウシテデスカ」

「行ッテミレバ分カルノヨ」車はどこまでもまっすぐな道走ってる。山影の見えへんのが寂しかった。

「彼ハコノ世ニ存在シナイ人間。戸籍モナイワ。会ウンダッタラ、アノ世ガ一番フサワシイノカモ知レナイワネ。詳シイコトハろーずニ聞イテ」

そうかも知れへん。彼とはこの世で会えへん運命なんやろか。そう思たら胸熱うなる。会《お》うたこともない妻の父親、今までそんな風に思たことあらへんかった。ただ月琴《ユエチン》のこと何か知ってる情報提供者ぐらいにしか思てへんかった。そやさかいアンが bridegroom 言《ゆ》うた時、ヒヤッてしたんや。十六の娘が結婚したばかりの相手やったさかい「花婿」なんて言い方、龍受申《ロン・ショウシェン》したんやろな。son-in-law（義理の息子）やのうて。無性に会《お》うてみとなった。かなわん願いなんやろか、そう思たら思うほど会いとなるんが人情やわな。

アンに尋ねた。「ドウシテ花琴《ファチン》ハアナタノコトヲ知ッタノデスカ?」アンは自動車事故に遭《お》うたて言《ゆ》う。中国語喋る男たちの車と衝突し、それで手間取ってて、やっとケリつけて「サブリナ」の前まで来た時には時間には遅れるし、店の前には漢族《ハンズー》の男たちたむろしてて近寄れへん。そいでイブ、さっきの小柄な子に頼んだんや。オモテのタクシーに乗って待ってるところまで来てもろて、て。もちろんタクシーの運転手もアンと同《おんな》じ「インディアン」、ツーカーの仲やそや。

「ジャ、アノばーてんだーモ?」

「ばーてんだー? ソレハ関係ナイワヨ」なんや取り越し苦労やったんか。

「花琴《ファチン》ハドウシテじゃっきーデハナク、いぶヲ信ジタノデスカ」

「有り難う、これ、返すわ」花琴《ファチン》、アンにサイソ手渡しながら言《ゆ》う。

「伯父の使いとすぐに分かったわ、刺繍の柄で。きっと伯母が贈ったものだと」平岡の方向いて、この二本の螺旋、色が赤と緑でしょ、これが特徴なの。そう付け足す。ちょうど対向車が通り過ぎ、その明かりでアンの微笑むんが見えた。柔和な顔や。いきなり「Great Mother《グレート・マザー》」ゆう語が頭かすめる。アンの豊かな体と表情がそんな連想働かせたんかな。でも言葉よう通じたな。イブと花琴《ファチン》、どんな風に意思疎通したんか、知りたいもんやで。そんなこと考えながらどこに向かって走ってるんか分からんままウトウトし始めた。花琴《ファチン》がアンから借りた毛布かけてくれたんおぼろげに覚えてる。車はルート35からいつの間にかルート64西に向かってた。車の中で眠ってる間に夢見てたんや。月琴《ユエチン》の思い出、懐かしい月《ユエ》琴《チン》の体や。いつもエエ香り、月琴《ユエチン》から立ち昇ってた。

「何の香り?」思い切って尋ねてみる。

「麝香《ショシアン》」とだけ広東語で答える。

「ふうん、いい香りだな」

「有り難う、イヤじゃないかと心配していたんです」

「好きだよ、その香り、とても」

「香《シアン》は好き?」

「好きとか嫌いとか……、香って、どんな香りがあるのすら、よく知らない。でも、君と同じくらい好きだよ」照れくさかったんよう覚えてる。「好きだよ」なんて、とても日本語で言える性質《たち》やない。テレ屋で三十過ぎるまでそんな言葉、口にしたことなかった。もっともそんな状況に至らんかっただけなんやけど。ただ外国語やと、習い始めた頃に覚えた「Wo ai ni《ウォアイニー》」、抵抗のう口ついて出て来るんや。日本語で君が好きや、君が好きやて、鏡見ながら言《ゆ》うとったら、そら気色悪いわ。そやけど「Wo ai ni《ウォアイニー》」は何回も練習したフレーズやったんで、スッて口から出て来る。オカシナもんやな、外国語って。

——その気持ちよう分かるんや（て、二人の方、向いて）。最初の嫁さん、中国人やったやろ、確かに「君を愛してる」って中国語の方が言いやすかったわ。歯の浮くようなセリフも外国語やったら妙に滑らかに口にできるんや。そう思わへんか。

——外国人口説いたことないんで、分かりません。（ちょっと口惜しかった。モデルは向こう向いてる）

——まァエエわ。

「これよ」月琴《ユエチン》、バッグん中から丸い小さな壺出す。インク瓶ぐらいの大きさ。

「これって？」

「塗香《トゥシアン》」

「香水《シアンシュイ》と違うの？」

「香水もあるけれど、私はこの方が、香りが穏やかで、好きなの」フタ開けてみたら医者でもらう塗り薬みたいなペースト状のものが半分残ってる。その刹那、いい香りがあたりに広がるようやった。乳白色の香《こう》、立ち上がるその香《かお》りから月琴《ユエチン》の体、広がってくるよな刺激を感じる。

「こんなの、見たことがない」

「男の人の買うものではないから」

「それに日本では聞いたことがない。テレビのコマーシャルでも塗香なんて見たことがない。どこで買うの？」

「ヒミツ……」その夜、ひときわキツイ香り放った彼女、昨日のように思い出す。隅々まで麝香《ショシアン》塗ったみたいな強い芳香、身体全体から発してる。薄明かりの部屋は月琴《ユエチン》に満たされ、ウットリするような香《かお》りん中で彼女抱いた。狭い四畳半の寝室兼居間兼食堂、そのまま王宮に変じたような気ィして、声あげた時のその表情まで目に浮かんで来るよう。こまやかな情愛秘めて、二人は睦み合《お》うたんやった。

「ダイジョウブ、これからの苦労に比べたらこんな苦痛……」そんな風な広東語、聞いたかも知れへん。初めて月琴《ユエチン》抱こてした夜、経験なかった平岡、彼女の身体にうまく入れへんかった。

「痛い？」

「ダイジョウブデスヨ」月琴《ユエチン》の口癖。ダイジョウブデスヨ。何遍も試してみたんやけど、とうとう入る前に果ててしもうた。

「ゴメン」月琴《ユエチン》、何でもないゆう風に首振る。明くる日の夜。再び平岡努力したんやけどやっぱしうまいこといかへんかった。

「……」

声出さんかったけど痛がってるみたい。確かに入り口には向こうてるんやけど、壁に当たるみたいで入っていけへんのや。暗いし手探りやしどうしたらエエんや。こないに痛がるん、やり方がマズイんやろか？

「そんなに痛い？」

「ダイジョウブデスヨ」

そう答えられてもなかなかそれ以上思い切ってでけへんのやった。翌日、お初天神のヤキトリ屋。同僚の嶋田と一杯ずつ生ビール飲んだ後、「何やお前サンがオゴッテくれるなんて、どうゆう風の吹き回しや？」相好くずしてる。酒好きの嶋田、飲んでること自体が楽しいんやていつも言《ゆ》うてるし、彼の垂れる酒哲学も耳にタコ出来るほどやった。エエか、ヤケ酒はイカンでヤケ酒は。そりゃ酒の神サンに失礼やんか。酒はおいしゅう飲まなアカン。酔生夢死、これ、儒者からしたら堕落した生き方なんやけど、人生束の間の時間、生きるだけやんか、酒覚めるみたいに一生チュウ夢から覚めるまでの短い間、せめて楽しゅう生きなアカン。蘊蓄洩れ出さへんうちにと、平岡相談始めた。

「小野小町かも知れんな」

「オノノコマチ」

「そや六歌仙の」そう言《ゆ》うて、カバンから小さな裁縫セット取り出して、中からマチ針出した。「こんなん持ってるとこに独身男の哀愁漂ってるやろ」微笑むしかあらへん。

「何でこれマチ針ゆうか知ってるか？」

黙ってたら「小町は絶世の美女やったさかい、後世美女にまつわる話みんな小野小町ゆうことんなって、何でも小町の墓全国に十数カ所あるみたいや。伝説ではな、小町は終生処女やった。どうも処女膜硬うて男が入れんかったみたい。未通女《おとめ》やったんやて。そこから穴のあいてへん針のこと、コマチ針つづまってマチ針ゆうんや」

月琴《ユエチン》が小野小町？　ちょっと切ない思い胸にこみ上げる。彼女とズーッと交われへんのかァ。

「そう言《ゆ》うてもな、硬いんにも程度あるさかい、もうチョット頑張ってみィ」痛がるの知らへんさかい気楽に言《ゆ》うてる。あの呻き声耳にして、これ以上できるかいな。

一晩おいて平岡もう一回だけやってみることにした。これでダメなら諦める……。もう月琴《ユエチン》と寝るのん諦める……。そう決意して。その時、月琴《ユエチン》の呻き声と一緒に、平岡、彼女の身体に入ることできたんやった。

「大丈夫？」

「ダイジョウブデスヨ」喘ぐような日本語が洩れる。「……これからの苦労に比べたら、こんな苦痛ぐらい……」確かそう聞いたようや。そやけどあの時その意味ちっとも分かってへんかった。

——車の中でインディァンのアンが語ったこと、アラン島のパブで去年平岡話してくれよった。コロンブスが一四九二年に「アメリカ」大陸「発見」してから、西欧諸国競って新大陸に植民地形成していったんはよう知られてるけど、日本人が持ってるアメリカ「インディァン」のイメージて、ハリウッドの娯楽西部劇の域出えへん。まず「インディァン」ゆう呼称さえ今では使われてへんのや。「インディァン」ゆうんは「インド人」ゆう意味やし、新大陸に住んでる原住民を「インド人」ゆうん、コロンブスがそこインドと錯覚したんに由来する。今では「インディァン」やのうて「先住民」ゆう意味で「ネイティブ・アメリカン」て合衆国ではゆうてる。そやのにあいかわらず日本では、「インディァン」や。エエ加減学校教育も考えなアカン時期やで。西欧人が初めて船で海岸に現れた時、ネイティブら、彼の目や皮膚の色にびっくりしただけやのうて、連れてる大きな犬みたいな動物にもえろうびっくりしたんや。それ、何や思う？

——馬？（モデルが怪訝そうに答える）

——そう、馬や！

——インディァン、いえ、先住民たちのイメージというと、頭に鳥の羽の飾りを着け、馬に乗って騎兵隊を襲うというイメージよね。

——そう、それこそハリウッドの作り上げたイメージなんや。西欧人がやって来て初めて先住民たち、馬見たんや。それまで馬なんか知らんかった。それからなんやでバッファロー追うて、平原走り回るようなったん。それまではちっぽけな畑耕して、トウモロコシ作ってたんや。

——ちっとも知らなかったわ。

——そやろ、日本での先住民の知識なんてそんなもんや。アメリカでは二十世紀の後半になってだいぶ意識変わってきて、先住民たちの権利も徐々に認められるようなったけど、問題は政府の援助金で生活してるゆうこと、彼らに経済的基盤のないことや。いくら保留地内での自治、認められてもそれでは生きていけへんゆうことや。

——観光だけでは辛いですよね。

——観光て、「インディァン」の見せ物になること？　保留地で客寄せに、幌馬車襲うまねをすることなの。

——ミャオ族《ズー》と立場似とるやろ。生活習慣変えられて、保留地に強制移住させられ、慣れへん仕事してたらラム酒でも飲んで酔っぱらうしかないやん。先住民にはアル中多かったみたいやで。アンは言《ゆ》うとった。自分たちが求めるん、政府の援助とチャウ。他人から与えられる補助金なんかとチャウ。他人の施しは屈辱以外の何もんでもない。お為ごかしの親切がどんだけ自尊心踏みにじるか日本の方には分からんでしょうって嫌みも言われた。自立したい、そやけど昔からの土地も伝統的な生活習慣もなくなってしもうてどないして生きていくんや、それがこれからの課題やて。

——ミャオ族《ズー》はよくアル中にならなかったわね。（そう、モデルは言《ゆ》うて）だけど、月琴《ユエチン》さんのお父さんが先住民のところへ逃げて来たというのはよく分かる気がする。

——似てるゆうたらな、ミャオ族《ズー》も昔、頭に鳥の羽刺して戦ってたんやで。アメリカ先住民てモンゴロイドやて現代の科学ゆうてる。どうも三万年くらい前アジアから渡った人々の子孫みたいで、ミャオ族《ズー》と同系ゆう説もあるくらい。ほな、続きいくで。

平岡はその頃から変な気分になってたみたい。何や、いつの間にか夢ん中に引きずり込まれたみたいな、そんなヘンな現実感の無さに襲われてきたんや。花琴《ファチン》に平岡それにアンの乗ったワゴン車砂漠ん中走り続け、夜明けにはロストンに着いた。かつて月琴《ユエチン》の父の住んでた土地や。かつてゆうんはもうそこに父の龍受申《ロン・ショウシェン》いいひんかったさかい。代わりにジプシー、いやロマ人の女性占い師ローズが一人いた。ローズは済まなさそーな顔してる。

「ドラゴンはいませんが、自分の家《うち》だと思ってゆっくりして下さい」彼女流暢な普通話《プートゥンファ》話した。おかげで夕食はたらふく食べられた。脂肪分の薄い鹿のステーキ（もっとも固《かと》うて、花琴《ファチン》殆ど食べられへんかったけど）、野菜のたっぷり入った羊肉のシチュー、揚げたてのフライド・ブレッド、それにおいしいカリフォルニアワイン。久しぶりに落ち着いた気分で食べられた。月琴《ユエチン》の父親いいひんかったけど、父のいた場所ゆうだけで、何か心安らぐんや。ローズは無口やけどすっごい親切。何とのうこの女性と父親、親しい間柄に思える。新婚旅行のようなもんしよかて月琴《ユエチン》に言《ゆ》うた時、アメリカに行きたい、そう即座に答えたん、父親に会いたかったしやろか。花琴《ファチン》とやのうて、もし月琴《ユエチン》とハネムーンに来てたら、父親会《お》うてくれたやろか。そしたら案外この女性、義母として挨拶しとったかも知れんな……。いきなり李学誠《リ・シュエチョン》が荒々しく、ドア開けて入って来る。

――ちょっと、待って。兄さんは、殺されたと言わなかった？

――せっかちやな、話、ちゃんと聞きいな。これからがエエとこなんやから。

花琴《ファチン》の顔見るや「花琴《ファチン》、早く貴州《クイチョウ》に帰りなさい。こんな日本人にいつまでもくっついているとロクでもないことになる」広東語やった。李学誠《リ・シュエチョン》、平岡が広東語分からん思てたんかも知れん。ローズはオロオロしてる。「いやです」花琴《ファチン》の頬、李学誠《リ・シュエチョン》がいきなり打つ。平岡が割って入ろてしたら他のミヤオ族《ズー》の連中が羽交い締めにする。

「平岡さん、どこまであなたは私たちの邪魔をするのですか」そう今度は普通話《プートゥンフア》で言《ゆ》う。確かにnin（あなた）と敬称使《つこ》うた。

「邪魔？　私が何をしたというのだ」

「インディァンとの接触、です。おかけでＣＩＡに勘づかれたかも知れない」

「何を？」

「月琴《ユエチン》はもう諦めて下さい」年上やからか、外国人やからか、慇懃な物言いや。

「君にそんなことを言われる筋合いはない」

「こちらもあなたと議論している暇はないのです」

「だったらさっさと中国に帰ればいいじゃないか」

「いいですか、平岡さん」そう言《ゆ》うて、李学誠《リ・シュエチョン》は椅子に腰掛け、男たちに平岡放すよう合図する。平岡もテーブル挟んで座った。

――それで、なんで李学誠《リ・シュエチョン》がオクラホマくんだりまでやって来たんです？

――それはやな、こちらも合衆国政府に反感持ってる貧しい先住民と手ェ組んで、武器調達してもらうために来たらしいんや。もちろん話はもうずっと前から進んでて、いよいよ翌日、取引行われるんやけど、花琴《ファチン》と平岡、龍受申《ロン・ショウシェン》と接触持ったんがＣＩＡにバレて、当局はそれで何かあるんやないかて、監視の眼ェ強めたんやて。

――ネイティブも反乱するんですか？

――まァそれァないやろな。けどそういうこと起こってもおかしない状況ではあるな。

――アンさんの話やったら、あり得んことやないですよね。

――そこで李学誠《リ・シュエチョン》たちがずいぶん迷惑をこうむることになったんや。動きにくい言《ゆ》うて。そら、いくらオーストラリア経由でもパスポートに不審のある中国人か日本人か分からん男女が先住民の不満くすぶってるど真ん中にやって来て、しかも香港のディズニーランド建設で苛立ってるミャオ族《ズー》の、もと中枢メンバー、ドラゴンに会いに来るんやさかい、アメリカ政府かて過敏になるわな。

――じゃ、なぜ月琴《ユエチン》さんのお兄さんは死んだってことになってたの？

——李学誠《リ・シュエチョン》が死んだゆう噂立ってたんはな、一時的にでもそんな噂たてといたら、ミャオ族《ズー》の人たちの闘争心煽れるて判断あったからや。

平岡、以前から疑問に思てたこと尋ねる。「なぜ君は広州《クワンチョウ》の警察に私を売ったのですか」

「それは誤解です。売ったのではありません。てっきりあなたがアメリカ政府の回し者だと思ったのです。日本人はアメリカのためなら何でもするのでしょう?」それこそひどい誤解やったけど、それについて反論せんかった。恐らく外から見たら日本がアメリカの衛星国か属国に見えるんはシャァないて納得したからや。

「それからこれは私たちの問題なのですが、新聞広告を出されましたね。月琴《ユエチン》は今回の蜂起に関しても極めて重要な役割を担っているのです。彼女はミャオ族《ズー》全体を統べる巫女で、絶対的な宗教的権威を持つ女性なのです。彼女の失踪はごく一部の人間にしか知られていません。私たちとしても月琴《ユエチン》の失踪はできる限り伏せておきたい。人々の気持ちを萎えさせないためにも、月琴《ユエチン》は貴州《クイチョウ》にいることにしておきたいのです。ただ忠告しておきますが、彼女と結婚していたとミャオ族《ズー》の人たちが知ったら、あなたは殺されかねませんよ」

その忠告に気づかん振りして、言《ゆ》うた。

「貴州と言いましたね?」

「そう、貴州です」

「月琴《ユエチン》は海南島《ハイナンタァオ》の出身ではないのですか」

「彼女がそう言いましたか」

「そうです」

「なるほど」しばらく考えてから「海南島に住んでいたことはありません。生まれ落ちた時から、湖北《フーペイ》省の山の中で生活していました」

「……では、どうして、海南島って言ったのでしょう?」

「それは分かりません。ひょっとすると……。いや止めておきましょう」

「何ですか。教えて下さい」

「いえ、何でもないのです」

「どうして隠すのですか」

「隠すのではなく、あなたが知らなくてもいいことだと思ったからです」

「思わせぶりは止めて下さい」

「では言いましょう。あなたが追ってくることを知っていて、それで嘘をついたのではないかと、ふと思ったのです」

愕然とした。そうか、追跡くらますため、わざと一切関わりない地名言《ゆ》うたんか。暗ーい気持ちになった。そしたら初めから知ってたことになるやん、つまり逃げ出すゆうこと、平岡が追って来るゆうんまで。河口《ハーコォウ》で初めて出会った時からこうなること計算してた……。愛してたんやのうて、ただ中国から脱出するための足がかりに利用したにすぎひん……。

「武器を無事海南島《ハイナンタァオ》に運ぶまであなたには静かにしていて欲しいのです。私たちの邪魔だけはして欲しくない」李学誠《リ・シュエチョン》は平岡の気持ち測りもせんと言い放つ。

「武器がアメリカの岸を離れるまであなたを申し訳ないが、しばらく監禁させていただきます」そう言《ゆ》うや、平岡奥の部屋に閉じこめてしもうた。外で激しく言い募る花琴《ファチン》の声がする。思わずドア大きく叩いたんや。そしたらいきなりドア開いて、銃持ったミャオ族《ズー》の男がにらみつけ「下がれ！」ゆう仕草する。この男普通話《プートゥンファ》もひょっとしたら広東語も話さんのかも知れん。やむを得ず引き下がる。花琴《ファチン》の声もいつの間にかおさまってた。

夜になって裏の窓コツコツ叩く音する。花琴《ファチン》や。外のワゴン車にアンがいて、再び三人で逃げ出す。そやけど今度は気づかれたんか、すぐ後ろジープが追って来る。アンが謝る。李学誠《リ・シュエチョン》、ローズんとこへ案内したんは自分みたいなもんや、て。昨日、事故起こした相手、中国語話してた奴ら、中国政府の人間やのうてきっとミャオ族《ズー》の者《もん》やったんや。そやのに知らんと、二人をローズんとこ連れてったさかい、李学誠《リ・シュエチョン》すぐ二人見つけることできたんや。あいつらミャオ族《ズー》の者《もん》て知ってたら、あそこになんか連れてかへんかったのに、申し訳なさそーに言《ゆ》う。しばらく走ってから、もうすぐアーカンサス川の支流に出るさかい、川渡って逃げろ、て。

「私ガ彼ラヲ惹キツケテオクワ」

「泳げないの、私」

「大丈夫、船ガアルワ」アンがカーブでスピード落とした時、二人は車の外転がり出る。すぐ横、後ろの車のヘッドライトが照らした。花琴《ファチン》の体抱きかかえるようにして土手登った。

「見つからなかったかしら?」

「大丈夫なようだ。車はアンを追って行く」

土手降りたら月明かりの中から川の水音が聞こえ、流れ激しそうや。どこ見ても船なんかあらへん。顔見合わせて「どうしよう」同時に言《ゆ》うた。花琴《ファチン》思わず笑い出す。こんな状況で笑い出すなんておかしい思うやろけど、意外と冷静やったんや、二人とも。ゆうか、あんまり危険ゆう気ィせんかった。実感なかったんや。しばらく川沿いに下って行ったら、突然後ろから広東語で叫ぶ声して、思わず川に飛び込んだ。思ったより流れは緩やか。しがみついて来る花琴《ファチン》背負いながら懸命に泳ぐ。後ろから追って来るんかどうか分からん。岸に上がったら、花琴《ファチン》水したたか飲んだみたいで、その場にへたり込んでしもた。川音と暗闇のせいで追って来てるかどうか判断できんかったけど、気はせく。花琴《ファチン》背負うよにしてまた歩き出した。「大丈夫よ」よろめきながらも必死でしがみついてる。

後から平岡は考える。ひょっとしたら武器がアメリカ離れたら、自分は殺される予定やったんかも知れんて。そうやなかったら、李学誠《リ・シュエチョン》あんな風に事情はなす訳あらへん……。いやひょっとしたら、そやのうて、案外月琴《ユエチン》の夫ゆうことで、理解求めて、味方にしよてしてたんかも知れんなァ。あいつずっと丁寧な話し方しとったもん。花琴《ファチン》の話では李学誠《リ・シュエチョン》、迫害されたミャオ族《ズー》の名誉回復んため、歴史の書き換え目論んでるんやて。その気持ち、分からんでもないな。

歴代の王朝滅ぼした農民一揆はミャオ族《ズー》の系譜に連なる者たちの仕業なんやて。古くは秦滅ぼした陳勝・呉広の乱、呉広はミャオ族《ズー》の末裔、そう李学誠《リ・シュエチョン》は言《ゆ》うた。後漢の末には宗教団体「太平道」起こした黄巾の乱、その中心人物張角《ちょうかく》、明ほろぼした反乱の主導者李自成《りじせい》。彼ら皆《みんな》ミャオ族の者《もん》、でも正史、それ記そうとせん。ミャオ族《ズー》ゆう言葉は彼らにタブーに近いもん感じさせるんや。ささいな反乱、鎮圧した際は臆面ものう勝利を記し、大きな乱では漢族《ハンズー》の名前しか記さへん。漢族《ハンズー》内部の権力交代として歴史書かれても、その舞台にミャオ族《ズー》、決して大きな役振られることなかったんや。そやからいくら正史読んでも、統一したミャオ族《ズー》の像つかむことでけへん。巧妙に歴史からミャオ族《ズー》抹殺してきた。部族の表記様々に変え事件を矮小化する。歴代王朝が華々しい文化築いてきたゆう一貫した歴史像作り出すんに成功したその裏には、裁断されたミャオ族《ズー》の姿隠されてる。ミャオ族《ズー》の歴史は無惨にも踏みにじられたままなんや。ミャオ族《ズー》が歴史書いたら、正史とはずいぶん違《ちご》うた中国大陸の歴史浮かび上がって来るやろな。そやから李学誠《リ・シュエチョン》、ミャオ族《ズー》の正しい歴史、漢族《ハンズー》とミャオ族《ズー》の抗争の歴史、きちんと正史に残して欲しい、そう訴えてんやて。

花琴《ファチン》はさらに李学誠《リ・シュエチョン》の言葉伝える。『三国志演義』は正史チャウけど、いや正史チャウからこそ、一見漢の正統的後裔と称する劉備《りゅうび》、劉禅《りゅうぜん》の蜀オモテに立てといて、実は彼らの非道さ余すとこのう描けたんや。確かに『三国志』、漢族《ハンズー》批判の一大絵巻として読めるんチャウやろか。劉備の死んだ後、国力の疲弊補うため南方に遠征して、ミャオ族《ズー》がたくさん住んでる雲南《ユンナン》・貴州《クイチョウ》両省の農民から沢山の財産奪いよったんが諸葛孔明《しょかつこうめい》や。その姿まざまざと描かれてるやんか。それに「武陵蛮《ぶりょうばん》」（これもミャオ族《ズー》や）て呼ばれる山岳民族に苦しめられた様子も鮮やかに見えるんチャウやろか。広州《クワンチョウ》から交州《チアチョウ》（今のベトナムや）にかけて徘徊した「蛮夷《ばんい》」、つまり「文身断髪」の「山越《さんえつ》」人、これも恐らくミャオ族《ズー》やな、その反抗に長江流域の南京中心とする呉の孫権《そんけん》どんだけ苦労したんか、如実に現れてるんチャウやろか。

――「文身断髪」て、何なの。

――「文身」は模様のある身体、つまり刺青《いれずみ》のこっちゃ。「断髪」は髪短く切ること。

『三国志演義』が漢族《ハンズー》の歴史踏まえてる以上、最終的には魏の武帝司馬炎《しばえん》が蜀・呉、滅ぼして、中国、統一するゆう結果無視でけへんのは言《ゆ》うまでもないけど、丁寧に読んだら、英雄諸葛孔明も侵略者にすぎひんし、武将孫権も「百蛮《ひゃくばん》」に右往左往させられてた滑稽な道化にすぎひんこと自明やんか。李学誠《リ・シュエチョン》の言い分もよう分かる。

「鄧小平《ドン・シャオピン》は九一年から九二年にかけての〈南方視察〉の際、開放政策を実施する講演を行った。これは従来の中国からするなら大きな政策転向。それまで市場経済を基とする資本主義は計画経済に立脚する社会主義とは根本的に相容れないという立場だったのに、この講演は社会主義を実施するために手段として市場経済を導入する、諸外国の経済力も積極的に導入する、という画期的な（ものは言いようやな、これこそ反革命やんか、見方によったら）内容であった。ディズニーランドに象徴される南方開発がミャオ族《ズー》殲滅を念頭に置いたものであるとして、もう一つ忘れてならないのは一九九一年のソビエトロシアの崩壊。鄧小平《ドン・シャオピン》の判断はソビエト社会主義の崩壊が経済政策の失敗につきるというもので、前車の轍を踏まないよう彼は経済政策の成功によって共産党の権力維持を図ろうとし、それが経済的な開放政策への転換となった。と同時にミャオ族《ズー》による農民の反乱を防ぐ唯一の方法であると彼は考えたのだ。東西問題を隠れ蓑にミャオ族《ズー》を殲滅しようと図ったのだとも言えるだろう。いわゆる〈先富論《シエンフウ》〉。自由な市場経済を競争で勝ち抜いて先に富を得たものが貧しいものを引き上げる、東部沿海地域における都市の工業化で富を築きそれでもって貧しい農村地帯にも繁栄をもたらす、というわけだ。そのため中国は今、アメリカと付き合い始めているのだが、アメリカはアメリカで中国を巨大マーケットと見ており、社会主義中国を封じ込めることが現実には不可能な以上、うまく利用する他ないという判断、これが中米友好関係の愚劣なストーリーに他ならない」

――なかなか的確な分析しとる。李学誠《リ・シュエチョン》、政治家の素質あるな。ついでに言《ゆ》うとくとな、中国が今一番神経質になってるんが「和平演変《ハーピン・イエンピイエン》」や。

――何ですの、それ。

――分かり易う訳したら「平和的手段による漸進的解体」かな。国外の勢力が世論に訴えて内政に干渉し、社会主義体制チョビットずつ変革しよてすることや。人権や民主主義訴えることで共産党の一党独裁崩そうゆう力や。鄧小平《ドン・シャオピン》始め今中国共産党、一番嫌がってるんがこれ。中国は現在外国の資本求めて、門戸開放しかけてるけど、保守派は（どっちが保守で革新かよう分からんけどな）それを「和平演変《ハーピン・イエンピイエン》」招く言《ゆ》うて激しゅう非難してるんや。これヘタしたら、江沢民《チアン・ザーミン》の失脚どころか、ひいては共産党の専制、社会主義体制そのもんの崩壊まで招きかねへん。てゆうても門戸開放して経済力つけんかったら、歴代王朝みたいにまた貧しい農民の反乱に遭うん間違いないし、これも怖い。いわば「前門の虎、後門の狼」。そんでＣＩＡの暗躍、知りつつも、その裏かいてミャオ族《ズー》殲滅して開放路線走りたいんや。開放路線走るためにはどないしても一番危険な農民、ミャオ族《ズー》始末しとかなアカンわな。

平岡はまた花琴《ファチン》が伝えたローズの言葉も反芻してた。月琴《ユエチン》の父親、李学誠《リ・シュエチョン》から逃れるため、イギリスへ逃げたて……。イギリスのマン島に父はいる！　ここまで来たらついでや、乗りかけた船、いや飛行機、そう思て再び空港に向こうた。

写真家がバーボンひと飲みする。モデル相変わらずソルティドッグちびちび飲んでる。いきなり帰り支度始めた写真家、今日はこれくらいにしとこ言《ゆ》うて、モデルと仲好う腕組んで帰ってく。この時まさかこの仲のエエ夫婦、あんなことになるて誰が思たやろ。

第四章　マン島

1

――私には写真家ゆう職業ちょっと羨ましいですよ。

――何でや。

それからまた半年以上経ってる。写真家が多忙でなかなか会えへんでいたんや。

――写真は芸術かどうかって、昔からいわれてますよね。ただシャッター押すだけやないかて。でもそうじゃないでしょ。（モデルに水、向ける）

――はっきり芸術だと思う。ほら、この馬が走っている写真、これでもよく分かるわ。ここには彼が撮ったはっきりした証拠があるもの。私、彼の写真見たらすぐ分かるのよ。馬に対する愛情がきちんと表現できているから……。

そうゆうたら、写真家競馬に凝ってるて噂耳にしてた。

——馬場のどこを通る時に斜め前から撮るか、真横から撮るか、撮る角度も撮り手の個性の現れと違うかしら。どこからでもいつでも撮れるけど、その一瞬を選んだところにかけがえのない個別性、つまり個性が現れているのよ。だから写真は絵や彫刻と一緒、そう言ってもいい。つまり紛れもない芸術って……。

——ちょっと誉めすぎやで。でもエエか。

今夜は自分が話題になってるせいか、いつもの饒舌あらへん。

——私、思いますにね、写真が芸術やゆうんは（この際、芸術て何かはおいといて）、写真が芸術であるん、それは瞬間の捏造《ねつぞう》やから思てます。

——瞬間の捏造？

——そう、写真はフィクションゆうことです。

——どういうことなの。

モデルは写真家尊敬してる。いや敬愛してる。ちょっと損な役回りやな、今夜は。

——よう決定的瞬間の写真ていわれますよね。その瞬間て何でしょ？

——瞬間て、瞬間だわ……。

——シャッタースピード百分の一秒のカメラで撮ったら、その写真に映ってる瞬間て、百分の一秒のことですか？　そやったら二百分の一秒で撮ったら、瞬間は二百分の一秒いうことになりますやん。

――そうね……？

――どっちでしょ。瞬間は。百分の一秒か二百分の一秒か？

モデルは写真家に助け求めるみたいに目ェ送る。小説家が続ける。

――つまり瞬間ゆうんは理念、現実には存在せん観念にすぎひんてゆうこと。瞬間は現実には存在せんのです。ちょうど円と同《おんな》じように。数学の定義では中心から等しい距離、持った点の集合ゆうてますけど、そんなんこの世にありませんよね。自然界にまったき円なんかあらしません。それと一緒です。瞬間ゆうんは現実には存在せんもんです。

――分かるような気がする。

――写真が何であんなチョット上質の表面ピカピカ光ってる厚手の紙使《つこ》てるかいうたら、これも我が身の危うさ覆い隠す、単なる権威づけのためです、きっと。

――確かにザラザラのキメの荒い安手の紙だったら、こんな風に現実を本当に写しているなんて思わないものね。すぐ眉唾って気づくわ。

――なのに8ミリ映画のコマみたいに、瞬間瞬間の積み重ねが現実なんやて、アホなこと思てるんですよ。人の動きはゼッタイ瞬間の連続やない。一息の運動であって、分割できんもんです。それで切り取った瞬間は絵と同《おんな》じやて言いたいんです。英語では写真も絵も同《おんな》じように picture ゆうてます。

——そうかァ。

——現実にないもん作りだすんやったら、そら創造いうてもエエことになります。芸術やいうてもエエんです。

——えらい理屈つけてくれよるなァ。

——理屈つけなくても、私、彼は芸術家だと思うわ。立派な芸術家だって。

——おおきに、おおきに。（何で瞬間の話したんか、訳分からんようなってくる）

——今思いついたのだけど、写真て、紙の上に見えているわね、紙の上って二次元世界なのに現実は三次元（四次元かどうかは、おいておくと）、奥行きのある世界よね。三次元を二次元に移しているのだから、現実そのままだなんてあるわけないじゃない。考えてみるとすぐ分かることよ……。

——なるほどな、その説明の方がよっぽど明快やで、写真の虚構性言《ゆ》うには。今度どっかで使《つこ》たろ。お前さん、見ドコロあるで。

——おおきに、おおきに。

そうモデルは写真家の口まねする。二杯目のビール注《つ》ぎながら考える。瞬間は永遠に微分可能である。実感できるかどうかともかく、理念上時間はどこまでも分割可能。百分の一秒どころか、一万分の一秒、一千万分の一秒……、言葉は、観念はありもしないものを捏造する。私たちの周囲にナマの現実とは異なった異質の世界をでっちあげる。外側には出られない。それでも外側の世界をいく程かは表象していないだろうか。表象しているならそのコードの解読により外側に到達することができるだろう。表象していないなら私たちはいつまでもその内部に幽閉されていなければならない……。生まれてからずっと言葉が作り出した世界に生きていて、世界を取り巻く外側を考えたところで、それも言葉の内側の世界かも知れない。「外側」という言葉《エクリチュール》の作り出した観念！　小説家は一生懸命考えてる。

2

「月琴《ユエチン》、キミはどこにいるんや！」

ダンダン不思議な気持ちになってくるんや。月琴《ユエチン》と別れてもう何日経つか、それすら分からんようなってきてる。時間の経つん感じられへんゆうんもあったし、異国の地ィ花琴《ファチン》と一緒にさまようてたら、時間感覚なくなってくるんも仕方あらへんな。旅行に出たら日ィ経つんも、時間の経過するんも普段とすっかり違う環境でいつもとぜんぜんチャウ生活してるしや。日常の時間とチャウ感覚持つようなるんは当たり前のこと。そやけど不審に思うたん、それはばっかしやない。とうにおらんよになったはずの月琴《ユエチン》ダンダン自分の中で大きゅうなるゆうか、以前よりシッカリ感じられるようなってきたことや。それが訝《いぶか》しゅうてならん。肌の香り、唄《うた》うような声、手ェ延ばしたら届く、すぐそこに居《お》るように思えてシャァない。ウソやない。手のひらの乳房に触れる感覚、遠い記憶、呼び覚ますような塗香《トゥシアン》の香りまでまざまざ感じ取れる気ィしてならんのや。今ほど月琴《ユエチン》が愛しくて大切に思えて来たことあらへん。今切実に愛してるて、大声で叫び出したかった。喪われたさかい、居《お》らんようなったんで、そない思うんやない。ふと手ェ出したらそこに身体あるみたいな、そんな思いん中で毎日暮らしてたら、彼女が「いる！」ゆう実感はっきり感じられてくるんや。溢れる思いしきりにこみ上げてくるんや。月琴《ユエチン》はいいひん。それ、百も承知なんやけど「いる！」ゆう実感だけが絶え間のう湧き上がって来るんや。何でやろ。こんなんホームシックて言わへんわな。どないしたんやろ……。そんなおかしな気分で毎日過ごしてた。

「これ、エエでしょう」マラカスとウクレレを見せびらかす。月琴《ユエチン》楽器には眼ェのうて、昨日もオカリナ一つ買って来てた。マラカス両手に口ずさみながら踊り出してる。寛大な保護者の態度で目尻下げてたけど、楽しそーな踊り見てるうちいつか一緒に踊ってた。ウキウキするリズム、軽やかな唱《うた》い回し、ジッとしとれんかったんや。下の階の部屋からゴンゴン突いてくる音がして一瞬顔見合わせ、抱き合《お》うたまま笑い転げる。その夜、食後に月琴《ユエチン》申し訳なさそーに「お金がちょっと足りないんやけど……」平岡、給料の全額、月琴《ユエチン》に渡してた。ちょっと気前のエエとこ見せてカッコつけたかったんや。小遣いは貯金で何とかなるし、足らんかったらバイトでもしたらエエぐらいに考えとった。楽器ぐらいなら知れてるやろて。月琴《ユエチン》の申し出意外に思たけど、きっと新婚所帯やし、その上日本に来て何かと不自由で色々買い揃えるんに余分な金いるんやと思いやり見せるつもりから、気にせん風装うて金渡した。そやけど二日後、勤めから帰ったら、韓国の打楽器チャングと地球儀、ペーパーナイフが二本。今日買《こ》うて来たてうれしそーに報告する。ちょっと小言ゆうべきか迷てたら、案の定その夜「生活費もう少し貰える?」て懇願して来た時はさすがに堪忍袋の緒ォ切れそうやった。

「何でや。ちゃんと渡したやんか」

「そうやけど……」

「お金無くなったんか?」黙って頷く。

「他に何買《こ》うたんや?」

押入から出して来たん……、デンデン太鼓、タンバリン、羽帽子、トライアングル……。呆れて以後は家計自分で握ることにした。月琴《ユエチン》の金の使い方理解でけへん。手にしたらしただけ全部使《つこ》てしもて、先のこと考えて残しとくゆうんがでけへんのや。浪費とはチャウ。お金の使い方知らん言《ゆ》うしかあらへんのや。

「私のこと、負担じゃない?」懐《ふところ》ん中で囁く。広東語やった。「負担?」広東語で応じる。

「ええ。ちっとも収入がないし、それに日本語学校の費用まで出してもらって」

「キミが働くことには何の異存もない。だけどキミが働くより僕が働く方が効率はいいと思う。日本のような社会では技術がなければ、安い賃金で肉体労働をする他ない。それはそれでいいんだけれども、大学に教えに行けばもっと短時間で同じ金額を稼ぐことができる。キミも学校に行く余裕が生まれ、一緒にいられる時間も沢山持てる。その方がお互いのためではないだろうか」

月琴《ユエチン》それ以上何も言わんかった。平岡が感じてたん、優越感やったかも知れん。そやけどそう言《ゆ》うてやるんもちょっと平岡には気の毒かな。しんどい目ェして働いてたんやから。そのしんどさが彼女への気持ちの証のようにも思えてた。ただ月琴《ユエチン》が感じてる負担にまで、その時、思い至らんかったて言《ゆ》うてたわ。あれァ単に「ネコッカワイガリ」にすぎんかったって。まァ、夫婦における金の問題は難しいわな。

3

雨模様のロンドンに着いて二十日目の朝。花琴《ファチン》が出かけましょう言《ゆ》うて、コート持って来る。アメリカの空港から、少し悪寒感じてた。泳いで川渡って、全身水に濡れたせいか、風邪ひいたみたい。疲れもあった。それに飛行機ん中、空気異様に乾燥してて、喉痛うなって、イギリスのヒースロー空港に着く頃にはずいぶん熱出てた。シャトルバスで地下鉄ベイズウォーター駅の近くの The Byron Hotel《バイロン・ホテル》に着くなり寝込んでしもた。一週間、高熱に浮かされて、やっとのことで熱ひいて、モノ食べられるようなる頃にはもう十日以上経ってた。花琴《ファチン》熱下がり始めたらすぐ足元の危ない平岡抱きかかえて、タクシーで Oxford Street Youth Hostel《オックスフォード・ユースホステル》に宿変える。部屋に自炊の設備あるからや。薬買いに行ったりするだけやのうて、消化のエエもん作ったり、喉通りやすいようにフレンチトースト風にパン料理したり、かいがいしゅう世話してくれる。オートミールやテイクアウトの「フィッシュ・アンド・チップス」ばっかしではさすがにうんざりやし、魚ゆうてもフライにしたんではちっとも食欲湧かんかったしな。

「はい、これを食べて」どこから材料、手に入れて来たんか、薬膳風の粥まで作ってくれた。花琴《ファチン》手先が起用で料理うまかったんや。もし一人やったら、この異国の地で野垂れ死んどったか知れん思たらゾッとする。そやけどさすが若いせいか、熱下がって一週間もせんうち、すっかりようなってきた。ただ熱の後遺症か、頭の奥に重苦しいもんが残ってた。

ベッドん中で月琴《ユエチン》のこと思い出されたんや。つまらんことばっかしハッキリ思い出されてくるんやった。「失敗してしもうたァ！」グチャグチャになった、見るからにまずそうな料理、テーブルの上に置かれてる。

「マーボドーフがシワクチャになってしもうて」

月琴《ユエチン》はあんまり、料理得意やない。平岡は学生時代、居酒屋で四年間アルバイトしてたせいもあって、魚おろすことから煮物まで一通りの料理技術身に付けてた。そいで食事の支度どっちかゆうたら平岡の領分やった。けど彼女の味付けは悪うない、ただ料理の技術身に付いてへんだけやて、今でも思うてる。

「シワクチャと違う。クチャクチャ言《ゆ》うんや、そうゆう時は」

月琴《ユエチン》の日本語だいぶ上手になってたけど、外国人特有のおかしな使い方時折してみせる。そうゆう時直してやるんやけど、月琴《ユエチン》のすぐれたとこは一度犯した過ち、二度犯さんかったことや。「麻婆《マーばぁ》さんの豆腐やさかい、シワクチャなんは当たり前やけどな」冗談通じひんかったさかい説明してやったら、平岡にもたれかかって笑いこらえてた。中国の豆腐と日本の豆腐、一番チャウとこは、て、ずいぶん後になって月琴《ユエチン》思い出したように説明した。日本の豆腐はヤワラカイ！　中国の豆腐もっと固《かと》うて、少々お玉でまぜっかえしても、形崩れへんのや。「シワクチャ婆さん」それ以後、月琴《ユエチン》マーボドーフ、そう呼んだ。

初めて家空けた日、てゆうても別に遊んでたんやない。学会岡山であって、翌日の夕方には新大阪に着いてたけど、嶋田に誘われて駅ビルの一階にある食堂街で飲んでたんや。月琴《ユエチン》のもと早《はよ》戻りたかったし、一人で置いとくん心配やったけど、断る度胸なかったんかな。十時頃解放された、て、思たのに、梅田の駅に着いたら、もう一軒行こ、ゆうことなって、とうとう終電まで付き合わされてしもた。夜中の一時過《す》ぎんで帰宅したら、電気もつけっぱなし、月琴《ユエチン》畳の上に這うみたいにして、ウタタ寝してた。奇妙な癖でいつも寝ころびながら日本語の勉強してるんや。開け広げたノートに平仮名いくつも書いたァる。一つ三センチ四方ぐらいの大きな字。字の下手なん「金釘流《かなくぎりゅう》」ゆうけど、ホンマ、そや。よだれ垂らしたんやろか、ノートにシミ出来てて、鉛筆も握ったまんま。日本語学校の通知票みたいなん見せてくれた時、「会話」「聴解」「発音」はようできてんのに「読解」「作文」、苦手なんや。照れ隠しに笑いながら「ホンマ、私てアホやな」腹這いに寝てる姿、いつもより小そう見える。起こすんも忘れてシミの付いたノートの文字いつまでも見てた。見てるだけでちっとも読み書きの苦手な理由思い至らんかった。迂闊《うかつ》ゆうたら迂闊な話。

ケルト文化の故郷いわれる、アイルランド、ラテン語でヒベルニア。その中に一つの島がある。向かい合《お》うたイングランドとアイルランド、そのちょうど中間に位置するマン島ゆう小さな島や。そこに出かけるて花琴《ファチン》言《ゆ》うんや。オーバンまで列車で行って、翌日の朝、船に乗って四時間、やっとのことで島に着く。旅の途中、花琴《ファチン》ようしゃべる。そやけどミャオ族《ズー》の話や蜂起の話にはちっとも触れんかった。

「まァ、風土の違いでしょうね」

「でもあんなに冷たかったら、味が分からないじゃないですか？」

ビールの違いについてしゃべってた。中国ではビール普通冷やさへん。ビールはよう冷えたもんて思てたさかい、最初ん頃違和感あったけど、慣れたらその方がビール自体の味よう分かってエエ、そう思い始めてた。そやけどイギリス人、けっこう冷たいビール飲んでて、それで花琴《ファチン》おいしない言《ゆ》うんや。それぞれのよさ分かるだけに黙って聞いてる。中国人て食べることにようこだわる。月琴《ユエチン》もそうやった。平岡にしたら目の前の花琴《ファチン》、ミャオ族《ズー》である前に一人の中国人なんや。けど、とまた考える。こうして天気のいい昼下がり、他愛ない話しながら仲好う座席に腰掛けてたら、新婚旅行に来た日本人カップルて、イギリス人には見えるやろな。向こうでサンドイッチ頬張ってるおばさんに聞いてみよか。いや二人が中国語しゃべってんのん聞いたら、中国か台湾から来た夫婦やて思うやろな。

港からまた車に乗って目的地に着いた時は日暮れの近い頃。激しい風に流れる雲走らせた青い空、日本より低ゥ感じられる。緑がキレイやし、その緑にエンジ色のレンガよう映えてる。美しい島、そう感じる。白いペンキ塗った瀟洒な家の奥に父親は隠れてた。マン島の向こうにあるアイルランド、ケルト人がウエールズからセント・ジョーンズ海峡超えてアイルランドの島にやって来たん、およそ紀元前一世紀。紀元二世紀にローマのプトレマイオス、彼らのこと、ゲール語話す人々て記してる。紀元前五、六世紀にはヨーロッパの内陸部で最盛誇ってたんやけど、巨大帝国ローマのカエサルに駆逐されてしもうた。けどブリタニアのケルト文化がアイルランドでだけ生き残ったんほとんど偶然や。イングランドからウエールズまで支配したローマの軍隊偶々《たまたま》アイルランドにだけ攻め入ることせんかった。いつでもできるて考えたんか、単に面倒くさかったんか、とにかくそのおかげでアイルランド、西ヨーロッパで唯一ローマ化免れて古代のケルト文化現代に伝えることになったんや。

オクラホマで会《お》うたロマ人の占い師ローズがいた。やっぱし月琴《ユエチン》の父と深い関係あるんや。

「遅かったですね」

微笑みながら眼差し向けて来る。かすかな香《こう》の香《かお》り漂ってる。麝香《ショシアン》の香りやろか。月琴《ユエチン》のとちょっとチャウようやけど……。

「少し病気をしていたものですから」

「もう、よろしいんですか」

「ええ、すっかり」

「ここは私の故郷、母の生まれた土地です。ドラゴンにお会いになりますか?」

「できれば」

ドアの向こうから一人の背の高い男が現れる。少し意外やったんはドラゴン、精悍な中年の男やったこと、三十歳で中国出たとしても数えたら十七、八年。五十になってへんわな。もっと歳いってるて思てた。

「アメリカで李学誠《リ・シュエチョン》に会ったそうだね」

「はい」

「彼は何と言っていたかな?」

「漢族《ハンズー》に向かって一斉蜂起すると……」

「性懲りもなくバカなことを……」

意外やった。漢族に対するミャオ族《ズー》の戦い否定するんやろか。何でや?

「今頃になってなぜ漢族《ハンズー》はミャオ族《ズー》を貴州《クイチョウ》や桂林《クイリン》・昆明《クンミン》から一掃しようとするんですか?」そう尋ねてみる。

「それは少し違う。漢族《ハンズー》がミャオ族《ズー》の住む土地から一掃しようとしているかに見えるその背後には彼らの別の狙いが透いて見える」

ドラゴン、ローズの持って来た酒勧める。アイリッシュウイスキーの甘い香り、口ん中満たした。ドラゴンの皮膚、陽に焼けて黒うて深い皺刻まれてる。殆ど無表情に語ったんやけど、ホンマ奇想天外な話や。初めはぜんぜん信じられんかったし、もし月琴《ユエチン》とのことなかったら絶対ウソやて、一笑に付すようなことやった。李学誠《リ・シュエチョン》たち、政府の計略知らんと、ただ踊らされてるだけ。挑発に乗ったらアカンのにマンマと乗せられてるんが李学誠《リ・シュエチョン》始めとする今度の蜂起計画のメンバー。貴州南部から桂林にかけての高速道路の建設計画、明らかに漢族《ハンズー》の仕掛けた罠なんや。それに気ィつかんと蜂起しよてしても、所詮相手の思うツボ、やられるん目に見えてるやんか。

「かつて長江付近に住んでいたミャオが次第に蹴散らされ、分散させられ、中枢はとうとう海南島《ハイナンタアオ》に追放されたのは確かに明代《みん》以来の歴史的事実ではある。しかし問題は土地の争奪戦ではない。李学誠《リ・シュエチョン》たちは先祖の土地を取り返せと叫んで、ミャオ族《ズー》を煽っているが、真実は土地の争いなんかではないのだ。政府がミャオの神を永久に葬ろうとしているのに対しミャオ族《ズー》が心から望んでいたのは土地回復ばかりでなく、神の回復なのだった」

「神の回復？」

「そう、神々の奪回！」

4

——さあ、ここで平岡がドラゴンから受けた質問や、皆《みんな》考えてんか。ミャオ族《ズー》、ジプシーつまりローマ人、ネイティブ、それにケルト、これらに共通するん、何や？

——世界中に跨《また》がってるわ。そんな人たちに共通点、あるの？

——ある。ある。はっきりある。考えてみィ！

——ミャオ族《ズー》は中国系。アジアやし、ケルトなんかと共通点あらへんのとチャイます？

——あるんやな、それが。

——古代に栄えて、今は滅びかけてる……。

——ネイティブもケルトも、ミャオ族《ズー》かて、滅びかけてなんかいいひん。そんなこと言《ゆ》うたら、殺されるで……。

——チョット待って、意外と古い歴史を持ってる、これチャイますか。

——おっと、エエセン行ってるで、そんで？

——迫害の歴史、そや、近くの異民族に迫害されてきた歴史、ですか。

——惜しい！　あと一歩やな。

——あと一歩ォ？（モデルが、大きい声、出す）

——そう、あと一歩。ヒントに匈奴《きょうど》、すなわちフン族入れてもエエな。漢の帝国苦しめた匈奴や。匈奴が中央アジアの騎馬民族、スキタイ人と融合してゴート族の先祖になってケルトになった。匈奴はケルトなんや。彼らの住んどったとこ、カエサルは「ガリア」言《ゆ》うてたな。そしたらケルト、その英語化したゴール、ガリア、ゲルマン、匈奴。どないや、音変化としてあり得るやろ？

——匈奴がケルトって、ほんとなの？

――これまた突飛な。言葉の感じだけやったら、ありそうですけど、ちょっとね。「匈奴」、中国語の発音ではどうなってるんです。

――よう聞きや。「匈奴《きょうど》」の発音は中国語では、「シオンヌウ」や。「シオン」のs音がk音に変化したら「キオン」やな。それから「ヌウ」のn音がt音に変化したら「トゥウ」や。合わせて「キオントゥウ」になる。どや、「キオントゥウ」と「ケルト」、似てるやろ。

――にわかには信じ難いやないですか。

――証明しよか。中国語で「シュエシアオ」ゆうたら「学校」のことや。「学校《シュエシアオ》」、韓国語で「ハッキョ」。それが日本で「ガッコウ」。つまり中国から韓国へて日本に伝わる間に「学《シュエ》」が「ハク」になり「ガク」になってる。s音がg音に変わってるやろ。「校《シアオ》」は韓国語で「キョ」、日本語では「コウ」。明らかにs音がk音に交替してる。この交替有り得ることなんや。それにな、「奴」は「ド」とも「ヌ」とも読むやんか、「奴婢《ぬひ》」てな。他にも「内」は中国語で「ネイ」やけど日本語で「境内」、「ケイダイ」て発音する。チュウことはn音からd音への変化や。伝播の過程でそんなんようあることや。変化の向きは逆やけど。

――なるほどね。説得力が出てきましたやん。「シオンヌウ」が「キオントゥウ」になり、「ケルト」になった……。

――ついでに言《ゆ》うたら匈奴《きょうど》は韓国語では「フンヌ」。西方に大移動したフン族も匈奴やゆうん、よう分かる。もっと面白《おもろ》いんは匈奴のトーテムも龍でミャオ族《ズー》と一緒ゆうこと。

――そんな難しい話よりさっきの質問、答え、何なの。匈奴なんかヒントにならないわよ。

――降参か、ほな教えたろ。共通するんは国家持たんかったこと。強大な管理システム、作らんかったことや。

――国家作らんかったんで、戦争に負けるし、強い国家に蹴散らされるゆうことですか。ケルトがローマに負けたんも、ネイティブが西欧人に圧倒されたんも、兵士の背後に聳える国家ゆう力やった……。

――そうゆうこと。そしたら分かるやろ。もう一つの共通点！

――エッ、まだあるんですか。

――そや、国家作らんかった言《ゆ》うか、作れんかった言《ゆ》うた方が分かりやすいな。それ何でや。

――強大な国家作れへんかった理由、ムゥー……。そか、分かりましたよ。

――言《ゆ》うてみィ。

――文字です、文字持たんかったことです！

――ピンポン！

――言われてみたら、古代において文字の発明と巨大国家の誕生とは同時期でした。

――文字があったから強力な権力も生まれ、広範囲の土地の制圧可能になったんや。

――文字を持つことって、権力持つことだったのね。

――秦の始皇帝が初めて文字の統一やったけど、同時に度量衡の統一もやってる。文字持つゆうんは統一された世界の建設可能にするゆうことや。

――古代以降、文字読めるんは一部の特権階級のもんやった、そやからこそ彼ら、支配者やったんや。

――文字は国家権力の象徴なのね。

――さあ、続いて行きたいんやけど、こっからちょっと難しなるよって、またお勉強しとこか。中国の歴史書『史記』、「五帝本紀」から始まってるて言《ゆ》うたな。五帝ゆうんは、黄帝、帝顓頊《せんぎょく》、帝嚳《こく》、帝堯《ぎょう》、帝舜《しゅん》や。まず黄帝。これが「帝」て名のる歴史上初めの人間、て司馬遷は考えた。当時諸侯が互いに鎬《しのぎ》削ってて黄帝は皆《みんな》をやっつけたんやけど、たった一人蚩尤《しゆう》だけ従わへんかった。こいつを涿鹿《たくろく》の野で殺してやっとこさ天子の位に就いたんや。黄帝亡くなったら孫の顓頊《せんぎょく》位に就いて、四時五行の気ィ調和さして人々うまいこと教化したんや。帝顓頊の後に立った嚳《こく》、耳が聡いんで人々が必要に思てることいち早《はよ》う察したんで周囲の諸侯で平伏せんもんなかったくらい。帝嚳の次は堯。春夏秋冬を定め、一年を三百六十六日、三年ごとの閏《うるう》月制定して暦の誤差正したんやけど、年老いた堯、ある日言《ゆ》うた。「位、退きたいけど、この洪水治めるには誰がエエやろ」家来の一人「鯀《こん》はいかが」て勧めた。鯀は九年経たけど、さっぱり業績上がらへんさかい、今度は「瞽叟《こそう》の子、舜はどうか」て勧める者《もん》がいたんで、やらせてみた。そしたら百官の風紀次第にようなってきて、家臣や諸侯みんな舜を敬《うやも》うた。ただ長江あたりにいた三苗《さんびょう》だけ、しばしば反乱してきたんで、これも平定し、三危（今の甘粛省や）に追い払うたんやて。帝堯が亡くなった後ついに舜は位に就いて、弃《き》に百穀管理させ、夔《き》を音楽の長官にした。また舜は南に巡幸してる時に亡くなったんで、江南に葬られて、そいで夏王朝の禹《う》が即位して、その後、殷の湯《とう》王が立って、中国の歴史、この殷王朝から実在が遺跡から確認されてるんやったな。黄帝から舜までみんな姒《じ》姓や。司馬遷は伏犠《ふくぎ》、女媧《じょか》、神農氏の三皇については巷の噂の域を出ェへん、歴史やないゆう判断して、『史記』から除外しよった。エエか、ここんとこよう覚えといてや。

――よう覚えといてと言っても覚えきれないわ。それだけ神や人がたくさん出て来ると、無理よ。

――頭の悪いヤッチャな。これでもメッチャはしょってるんやで。ほんなら五帝の始祖ゆう黄帝、それに帝嚳《こく》、楽師の夔《き》、この三人だけでエエわ。司馬遷はしょりよったけど、民間ではずーっと三皇の事跡語られ続けて、しまいに歴史家も無視でけんようなったんか、唐代には司馬貞が「三皇本紀」書いた。それによったら伏犠は包羲《ほうぎ》とも書いてあって、蛇身人首、文字や八卦また三十五弦の瑟作り出した。女媧《じょか》は笙簧《しょうこう》ゆう楽器作ったんや。祝融《しゅくゆう》と闘うて敗れた共工《きょうこう》氏（諸侯の一人なんやけど）そいつが怒って頭不周山にぶつけたさかい、天支える柱折れて、地ィつなぐ綱切れてしもた。そいで女媧、鼇《あおがめ》の足切って補修したんや。女媧に継いで立ったんが神農氏、文字通り鋤鍬《すきくわ》人々に教えたゆう。伏犠、女媧は風姓で神農氏は姜《きょう》姓や。

――もう、いいわよ。覚えきれないわ。

――ほんなら伏犠《ふくぎ》、女媧《じょか》だけ覚えとき。

——彼らがミャオ族《ズー》と関わるんですね。（とりなすよう小説家が静かに言《ゆ》う）

——そういうこと。そいでドラゴンこと龍受申《ロン・ショウシェン》の話さらに意外なとこへ飛んだんや。

「三峡《サンシア》ダムをご存じかな。総工費二〇三九億元（日本円に換算すると約三兆円や）をかけて湖北《フーペイ》省宜昌《イーチャン》県に目下建設中のダム。二〇〇九年には完成するといわれている。計画されたのは遠く毛沢東《マオ・ザードン》時代に遡るが、これを建策したのも鄧小平《ドン・シャオピン》だった。古来より中国では水を制する者が権力を制すると言われ、黄河、長江の治水が常に支配者の懸案であったのだ。上流にダムを建設して武漢《ウーハン》、南京《ナンチン》、上海を貫通する長江の氾濫を押さえる、至極まともな政策であり、工事であるように思われている。一部では生態系を破壊するとか、公共土木工事による経済開発の時代は過ぎたなどと反対の声は挙がっているものの、それでも政府が強行する隠れた理由がお分かりだろうか。三峡《サンシア》とは瞿塘峡《チータンシア》、巫峡《ウーシア》、西陵峡《シーリンシア》の三つを指すが、とりわけこの巫峡、巫山《ウーシャン》十二峰が重要なのだ。それは巫山がミャオ族《ズー》の聖地だから。政府は巫山一帯を水没させるために今回のダム建設を強行するのだ。ミャオ族《ズー》の巫女は現在でも棺に入れられたまま洞穴に葬られるので、巫山には多くの洞穴が散在しており、それればかりか巫女はこの山奥の地でこれまで密かに修行を行ってきたし、今でも漢族《ハンズー》から逃れたミャオの巫女の聚落《しゅうらく》がある。地図を見たまえ、雲南《ユンナン》の昆明《クンミン》から巫山まで、千キロ以上離れているが、揚子江という一本の川で結ばれているのだ。この川の形がとりもなおさずミャオ族《ズー》の逃走の跡なのだ。今回のミャオ族《ズー》蜂起には実はこのことが大きな焦点なのだが、漢族《ハンズー》はもちろんミャオ族《ズー》もあからさまにはしたくないことなので、双方とも巫山《ウーシャン》には触れないように闘っている。江沢民《チアン・ザーミン》にすれば雇用拡大という大義名分さえあればいいのだから」
「殷墟の遺跡と聞一多《ウエン・イートゥオ》とはどう関わるのですか。叔母さんが言っていましたが……」
「詩人の聞一多《ウエン・イートゥオ》教授が漢族《ハンズー》に暗殺されたことは知っているだろう。殷墟の遺跡や甲骨文字を研究した彼はこう結論した。三皇を神々としていただく稲作文化が南方長江流域にあった。北の黄河流域にいた漢族《ハンズー》はそれを吸収し、その結果夏や殷は王朝として隆盛することになった。稲作文化が漢族《ハンズー》の文化に入ったのは紀元前三〇〇〇年紀だと。なぜ夏や殷王朝が稲作文化よりも強力であったか、それこそ文字だった。文字によって強力な中央集権が可能になった。

漢族《ハンズー》は神農氏を神と仰ぐ文化ではない！

神農氏はその滅ぼされた文化の神だ。南方の河姆渡《ハームウトゥ》遺跡がその跡だといわれているが、漢族《ハンズー》によって滅ぼされたこの文化を継ぐ痕跡は見つかっておらず、忽然と歴史から消えた、いやこの滅ぼされた農耕文化こそミャオの文化だったのだ。長江周辺、南方の農耕文化、ミャオの文化が北方の黄河流域にあった漢族《ハンズー》の文化に滅ぼされたのだ。その記憶があの〈涿鹿《たくろく》の戦い〉と化したし、実は長江の治水権を争うものであった。共工が天地を傾け、女媧《じょか》が補修したというミャオの言い伝えが、『史記』には帝舜《しゅん》の治水として曲筆され、ミャオとの戦いが黄帝が蚩尤《しゆう》を涿鹿《たくろく》の野で殺したとか、帝舜が南方巡幸中に死んだとかと歪曲されているのだ。「なるほど」と平岡は呟く。「歴史とはいつも勝者の物語ですからね」

ドラゴンはグラスの氷を見つめながら、

「歴史の中に生きる人々は次第に神々のことは忘れ去るようになった。中国人の合理性などといって中国人があたかも神話や神々とは無縁な人種のごとくいわれてきたが、しかしそれも後世の儒者が捏造し歴史の中で造り上げたものなのだ。聞《ウエン》教授の論文、『伏羲考』『高唐神話伝説の分析』は二つの重要なことを暗示している。一つは孔子が『尚書』を書いたというが、孔子はまた〈怪力乱神を語らず〉と高言し、神秘を儒教から排除した男だ。だからそれ以後、儒教では神秘的なこと、神々のことは問題にせぬようになった。つまり漢文化からミャオの神を抹殺してしまったのだ。もう一つは司馬遷の歴史。彼が『尚書』をもとに、『史記』を五帝から始めた、ということはミャオの神々を〈歴史〉から排除してしまったことになる。こうして中国の文字文化は二重にミャオ族《ズー》を、ミャオの神を抹殺・排除してきた。事実だけが記録に値する。本当にあったことだけが文字に残す価値のある文化だ、歴史だ、そう考える孔子と司馬遷により、ミャオの抹殺が始まった。孔子と司馬遷は神を葬った。文化・歴史から神々を葬り、それは同時に神を奉じるミャオを現実から葬ることだった。逆に言えばミャオは自分たちの土地ばかりか、伏羲《ふくぎ》、女媧《じょか》という神々や文化までも漢族《ハンズー》に奪われてしまい、歴史・文化の外に放逐されてしまったのだ。神の簒奪。

聞《ウエン》教授はこれを甲骨文字の研究からも証明している。盲目の瞽叟《こそう》を父に持つ帝舜《しゅん》そして帝嚳《こく》、この二人に仕えたシャーマンに楽師〈夔《き》〉がいる。帝嚳の名が甲骨文字では〈夔〉と記されているところから、〈夔〉と〈帝嚳〉とは同一人物であり、さらに帝嚳は〈俊《しゅん》〉とも記されているゆえ、帝嚳と帝舜《しゅん》とは同じ人物だと教授は断定した。〈嚳《こく》〉は〈舜〉でも〈夔〉でもあったのだ。帝舜、帝嚳、夔、の三者に分化させられたその帝嚳こそ滅ぼされた文化の神、伏犠《ふくぎ》、女媧《じょか》だった。つまり五帝は想像の産物であり、後世の虚構による、つまり司馬遷のでっち上げだ、ということ。神に勝る〈帝〉、〈皇帝〉を〈黄帝〉として、一番上に据えるための改竄《かいざん》だったのだ。楽器や音楽の発明者である神々、伏犠、女媧が、帝に仕える〈夔〉として従者の位置に貶められたばかりか、〈嚳〉の甲骨文字は〈𡚁〉、手足が一本なのに注意したまえ。これは手脚に枷《かせ》をはめられ、髪を摑んで木に吊られた姿だ。〈嚳〉は〈梏《こく》〉つまり〈手枷《てかせ》〉でもあった。こうしてミャオの神々は歪曲され卑小化され、司馬遷の歴史の中に幽閉されたのだった」

平岡はドラゴンの説く内容、よう分からへんかったけど、漢族《ハンズー》がミャオ族《ズー》の神話奪い取って作り替えたらしいことだけは、疑えへんことのように思われてきた。

「さらに聞《ウエン》教授は、『史記』から面白い一節を引き出している。黄帝は必ず〈黄帝〉と記されているが、〈帝嚳《こく》〉以下は例えば〈嚳帝〉と記されず、常に〈帝嚳〉である。この語順はミャオ語の構造と一致するではないか。修飾語が名詞の後に来るミャオ語の神だったからこそ〈帝嚳〉と〈嚳〉を〈帝〉の後に持ってきているのだ。

だが、ミャオと漢族《ハンズー》とはまったく異なる民族だったのではない。漢語とミャオ語とがともに単音節言語であることがそれを証している。北の黄河と南の長江へと分かれ住む以前の民族、原漢族《ハンズー》、原ミャオ族《ズー》、どう言っても同じだが、彼らの神話の痕跡が漢族《ハンズー》と化してからの彼らの歴史に残っていたのだ。黄という五行の中心たる文字を冠した『黄帝《こうてい》』すなわち『皇帝』を中心に系統譜が捏造されたのは遙か後代、夏・殷王朝という統一帝国を作った後から付加されたものだが、それは政治的イデオロギーが神話にとって代わることでもあった。黄帝以下の五帝という『神統譜』は自然の様々な神を一本の血でタテに繋いでしまう点で秩序の創造であり、国家による神の占有であるからだ。原漢族《ハンズー》の神話は神統譜を作成しなかったミャオ族《ズー》の口頭伝承に多くその痕跡をとどめており、聞《ウエン》教授は甲骨文字の研究とミャオの伝承をもとに、原漢族《ハンズー》の神話、原ミャオ族《ズー》の神話を再構成しようとしたのだった」

——この原漢族《ハンズー》から南に移住したんがミャオ族《ズー》で、北へ逃げたんが匈奴《きょうど》や。馬は元来中央アジアの産、鉄の普及するんが前一〇〇〇年頃、ここで馬に騎乗する遊牧民が生まれるんやけど、それと習合して出来上がった民族が匈奴や。「黄帝」つまり「光帝」ゆう太陽信仰は騎馬民族の文化であって、農耕民族のそれやないことからも、五帝信仰は新しいゆうんが分かる。北から南から「異民族」の来襲に苦しんだ漢代以降の中国、そやけど孔子や司馬遷の目論んだ通り、文献的知識重んじる儒教中心になってった。文字の一字一字の解釈に耽る〈訓古章句《くんこしょうく》の学〉へと発展（堕落？）していったんやからな。

——訓古章句て何なの。

——今日は質問多いな。

写真家大声でバーテン呼びつけて、ロックのお代わり命じる。

——「章句」は漢文をどこで切って読むか、「訓古」はそれぞれの漢字の意味解釈することや。この「訓古章句」こそ文字文化の権化、象徴やで。書かれたもん、漢字に対する絶対的崇拝や。それ以後漢代に成立した国教としての儒学、二千年にわたって中国文化支配するようになる。その意味で漢族《ハンズー》を〈漢《かん》〉族《ぞく》て呼ぶん、ホンマに理に適ったことなんやな。歴代王朝では書物を経、史、子、集に大別してきたけど、これ見てもどんだけ「史」つまり歴史、重んじてきたか分かる、てゆうより、ミャオ文化排除するため、遠い記憶抹殺するため、漢族《ハンズー》、どんだけ腐心してきたか分かる、ゆうもんや。

——経史子集？（モデルがすぐ尋ねる）

——「経」とは儒教教典の訓古学、「史」は歴史やし「子」は詩文集、「集」は思想哲学書、指すんやな。（ちょっと早口で解説して、グラスのバーボン一気に飲んだ）他の文化でゼッタイ見られへん「史」の重視や。漢族《ハンズー》が何で「歴史」重んじてきたんか、そのワケ分かったやろ。も一つ宋の朱子に始まって清《しん》朝で大成した「考証学」。「考証学」ゆうたらカッコええけど、実はコレコレは後代の加筆、この部分は異端の説ゆうて、過去の書物勝手に削ったりして、作り変えてく学問や。自分らに都合エエようにな。

——なるほどね。でもそんな葛藤、歴史の背後にあるなんて思ってもみませんでした。

——ところがミャオ族《ズー》かって黙ってえへん。自分たちの文化、漢族《ハンズー》ん中にまるで病原菌みたいに侵食させてく手段講じてるんや。つまり文字文化、逆手に取る方法、目には目をや。最初に上がった火の手は紀元前四世紀、孔子と同時代に生きた老子。もとの名を李耳（耳やて、変な名やろ）、彼は『老子』

で世界の混沌訴えてて、儒教的合理主義の矮小さ、笑ってるんや。神秘をそのまま生きたような人物やな。それから一世紀ほど遅れて屈原、彼はもっと手の込んだ手段用いてる。『楚辞』の「天問」、これこそ当時形成されつつあった儒教的世界観根底から覆す歌やった。

「抑《そもそ》も太古の初めを、誰が語り伝えたのか」、忘れかけた記憶、屈原は文字に託す。「鯀《こん》は何を経営し、禹《う》は何を成し遂げたか」これなんか、あからさまに夏王朝の始祖、禹を謗《そし》ってる。五帝の舜《しゅん》継いだんが禹。鯀は治水に失敗して舜に殺されたんや。さらには、「なぜ益《えき》は革命を起こしながらも失敗し、啓《けい》によって禹の血筋はつたわったのか」禹の優れた家臣たる益さしおいて、禹は息子の啓に位譲ったんや。五帝から禹に至るまで、父子相続やのうて優れた人間に譲位する「禅譲」ゆう、うるわしーい風習あったはずやのに、なんで夏王朝の啓から、父子相続始まったんやて、その悪習批判してる。しかもやな（と写真家座りなおして、声を大きゅうした）、「之」や「兮」を間に挟んだ四言句、当時の歌謡のリズム取り入れた極めて口語的な形式やったゆうんが重要なんや。つまり当時流行してた歌謡の伝承そのまま文字化したんが「天問」や。文字文化に対抗する口頭伝承の反乱！　屈原は次第に勃興してくる文字の力に対抗しよてして、口語のリズム主張したんや……。

龍受申《ロンショウシェン》はこうも言《ゆ》うてる。

「楚は南方、今の長江流域の国で、老子つまり李耳、も荘子も屈原もこの地の出身である。神秘主義は常に南方から湧き上がって来る。南方こそ追いやられたミャオ族《ズー》がたどり着いた地なのだ。〈李〉がミャオ族《ズー》の巫女の姓であることをご存じかな？　ミャオの人間が李姓を名のったとしても、それは何も漢文化への屈服を意味しない。むしろ彼らの多くは積極的に文字文化、漢文化の体制に入り込み、内側から侵食しようとしたのだった。中国社会において李姓を名のる者はいわばミャオから放たれた復讐のエージェントなのだ。異民族との戦いの歴史でもある中国の歴史はまた同時に南北の対立の歴史でもあった。北の合理主義と南の神秘主義、あるいは北方の政治的支配力と南方の呪術的浸透力と言ってもいい。

　南（nan）という語は漢語の歴史の中では常にミステリアスな語感を漂わせていた。南方に神秘を生きる異民族ミャオがいるからと漢人は考えていたけれども、実は転倒している。〈南〉の甲骨文字は〈凶〉、つり下げた〈銅鼓〉つまり〈鐘〉を意味し、これこそミャオの楽器〈南仁《nan・yen》〉だ。楽器〈南仁〉を持つ異民族がいるゆえに地理的南方が〈南〉と呼ばれたのだ。合理主義とその象徴である実証的〈歴史〉、その根底にある思考法、それへの異議申し立てを行うことは歴史を書き変えるだけでなく、現実の変革でもあるだろう。私たちの最終目標は土地ばかりか神々を取り戻すこと、孔子の、司馬遷の、漢《ハン》族《ズー》の作り上げた歴史を解体し、失墜した自分たちの国土ならびに神々の権威を回復すること、これである。神々の奪回を目指しての一大合戦が四千年の長きにわたって繰り広げられている。表向きは土地の争奪戦という形を取っても、背後には神々の争奪戦という争いがはっきり透いて見えるだろう。見るものには見えるはずだ……。

　平岡さんは二十世紀末の日本に生きておられるゆえ、神秘や神を信じず、神などを崇める人間はよほどお目出度い連中とお考えだろうが、世界をご覧なさい。信仰を持っていない人間の方がよほど少ないのだから。中国でもそうだ。文化大革命も遠い昔になった今、昔ながらの祖先信仰が息を吹き返し、仏教や道教それに様々な信仰を習合した民間宗教があちこちに復活してきている。これらに根をはり、宗教団体という形で反乱を起こした南の農民たちは皆ミャオの系譜に連なるというか、ミャオの指導で蜂起してきたのだ。失われた神々の世界を最も根強く持ちこたえてきたのがミャオなのだから。陳勝・呉広の乱を始め、太平道を奉じた後漢の黄巾の乱、元朝に起こった紅巾の乱、別名白蓮教の乱、清朝を揺るがした白蓮教徒の乱。それにキリスト教の皮をかぶった太平天国の乱。歴代の大きな農民反乱こそ、ミャオの怨念のたまもの。昨今話題になっている〈法輪功〉も例外ではない。アメリカに亡命した李洪志もミャオだからだ。四川省出身で南方の事情に詳しい鄧小平《ドン・シャオピン》はこのことをよく知っていた。だからミャオを何とか殲滅し、ミャオの文化を根絶しようと躍起になっている。権力側の政治家としては当然だろう。特に東西の経済格差が生じ、西の農村部が繁栄から取り残されればまた大きな反乱の種となり、しっぺ返しを食らうことは子どもでも分かる道理。なおのことミャオを恐れなくてはならない。しかし忘れてならないのはミャオの目的は反乱そのもの、土地の回復そのものではないということ。ミャオの本当の目的は殺された神の復活にあることを」

そやのにミャオ族《ズー》の男ども、奪われた神より奪われた土地の方に執着しとる。これこそ漢族《ハンズー》の仕掛けた罠にはまること。土地の争奪に血道あげてるうちに神のこと忘れてしまう……。ミャオ族《ズー》の連中まで歴史の内部でしか世界見んようになって、司馬遷が仕掛けた歴史の罠に彼らマンマとはまってしもたんや。ミイラ取りがミイラになってる。

「愚かなことだ」

中国はもう実質的には社会主義国やない。それはそれでエエんやけど問題はミャオ族《ズー》。エエか、アメリカのＣＩＡはミャオ族《ズー》の一部と手ェ組んでるんやで。

——本当なの？　信じられないわ。

——そうですよ。ちょっと飛躍しすぎですよ。

——よう考えてみ。龍受申《ロン・ショウシェン》が何でアメリカにいたんや。それに月琴《ユエチン》かて、何でそんな簡単に中国抜け出せたんや。中国にはな、国外脱出専門に受け持つ闇の組織あるんや。亡命に限らへん、出稼ぎでも何でもエエから、国外に出たいゆう人間相手のネットワーク、チャントあるんや。最近新聞にぎわしてる〈蛇頭《シャートウ》〉、スネークヘッドがそれや。昔からマフィアみたいなもんどこの国にもあって、中国かて例外とチャウ。この組織、ミャオ族《ズー》が牛耳ってんやけど、アメリカのＣＩＡが肩入れしてるんや。それにな、ミャオ族《ズー》との関係、けっこう古くからアメリカは持ってるんやで。すでにラオスでは竜鎮《ロンチェン》基地に「メオ族（ミャオ族《ズー》のことや）特殊部隊」ゆうて、山岳地帯での闘争に慣れてるミャオ族《ズー》だけの部隊、ＣＩＡによって作られてて活動してるしな。ＣＩＡは中米の国交回復する七一年以前からミャオ族《ズー》に眼ェ付けてて、ベトナムやラオスのミャオ族《ズー》とわたりつけて、次第に中国の国境を超えて内部に影響力持つようなってたんや。ミャオ族《ズー》が文化によってつながり、国境こえて行き来してるんにアメリカ眼ェ付けたんや。お前さんら、国境ゆう権力の作り出した枠ん中でしか考えられんやろ。日本は島国やさかい国境こえるゆう観念希薄なんや。オレはな、日本の国際化は韓日大橋つまり日韓大橋つくるとこにしかあらへん思てる。福岡からチェジュドウ経てプサンへ橋かけて地続きにする、これしか日本が二十一世紀生き延びる道あらへん思てる。イギリス見てみィ。ロンドンからパリまでユーロ特急で三時間。大英帝国は大陸とつながらんと生きてゆけへん思てドーバー海峡にトンネル掘ったんや。陸続きにさえなったら後は日本人かて歩いてトルコでもギリシャでも西ヨーロッパでも行ける。一挙に「世界」とつながる！

それはともかく、李学誠《リ・シュエチョン》、CIAに監視されて行動しにくい言《ゆ》うとったけど、ホンマは全部CIAに筒抜けで、李学誠《リ・シュエチョン》たちの調達する武器ゆうんも、実はCIAが用意したもんにすぎひん。ミャオ族《ズー》が中国政府と闘うん、アメリカには好都合。八九年の天安門事件と一緒で、内政干渉できるきっかけになるしな。ミャオ族《ズー》はアメリカに利用されてんや。国境ゆうたら平野から追い出されたミャオ族《ズー》、もちろん西南部の山岳地帯に逃げたんやけど、もっと南に走った連中も当然いてる。もっと南つまりインドシナ半島や。花琴《ファチン》がいとも簡単にベトナムとの国境越えてたやろ。国境なんて生活レベルではなんぼでも越えられるんや。越えられてんや。

もっと言《ゆ》おか。ベトナムて中国語では〈越南《ユエナン》〉。ベトナムの最後の王朝の名なんやけど、ベトナムの言語で発音したら〈ベトナム〉になる。一八〇二年に、国王阮福映《グエン・フック・アイン》、清朝に国号を「ナムベト」つまり「南越《ナムベト》」にしたいてお伺い立てたんやけど、清朝許さんかった。それゆうんも何と紀元前三世紀の初め、広東あたり支配してた「南越」ゆう国があって、けっこう瀕死の秦朝苦しめてた、その苦い記憶、清朝の仁宗の頭よぎってそれでなんや。『史記』では彼らを「文身断髪」の「蛮族」てゆうてるやんか。前漢の時代にも「百越」とか「山越」「蛮越」ゆうて漢族《ハンズー》の支配脅かしてきよった。二千年の時超えて覚えてるなんて中国人も執念深いな。この「南越」が今のベトナムの始祖ていわれてるけど、元たどったらミャオ族《ズー》や。インドシナ半島にはけっこう北から逃げて来たミャオ族《ズー》いるんやで。インドシナ半島の先、半島マレーシァだけでも中国人華僑、三百六十万いて、そのうち十パーセントがミャオ族《ズー》言われてる。つまり三十数万人。ミャオ族《ズー》はタイ、ラオス、ミャンマー、バングラディシュ始め南アジア全域に広がってる。人間の生きてく世界、国境なんて、ホンマあってはイカンのや。

——国境って国家の副産物ね。

——国家がなかったら、国境がないんは当然ですからね。

——中国は中華人民共和国ゆうやろ。なんで中華ゆうかゆうたら、古代の夏王朝の〈夏〉から来てる。〈夏《xia》〉は〈華《hua》〉、古代では同音やった。「夔《き》」ともな。そやから原漢族《ハンズー》の痕跡残してる面もある。ミャオ族《ズー》は巫女と歌舞の民族やけど、元々原漢族《ハンズー》にその傾向あったんや。

〈舞〉は〈無〉の部分、〈雨〉にするんもあって、〈舛〉が踊る足意味するさかい、結局〈舞〉は雨乞いして踊ることや。それで〈夏〉やけど、これかて元は威儀正しゅう舞い踊る姿の象形文字や。原漢族《ハンズー》の風習よう表してるやんか。

ついでに言《ゆ》うたら〈巫〉の甲骨文字は〈⼗〉、糸巻き両手に持って踊る姿。原漢族《ハンズー》の信仰からしたら神の声聞くんは踊ることやし、ミャオ族《ズー》の歌垣《かがい》その名残なんやな。刺繍かてそう。糸巻きから分かるように巫女は神の衣縫う女性でもある。日本の「棚機つ女《たなばためつめ》」やな。

龍受申《ロン・ショウシェン》が言《ゆ》うてたこと、もうちょっとあるんやけど、どないしよ。

――ここまできて、何言《ゆ》うてるんですか。

――そうよ。早く言いなさいよ。（彼女の声、今夜ちょっと甲高い）

――辛い話なんやけど、言《ゆ》うとかなアカンわな。

「ミャオ族《ズー》は残虐だった。ワシは妻を愛したばっかりに故郷を奪われることになった。娘、月琴《ユエチン》の顔を一目も見ることなく追い出されてしまった。普通なら殺されるところなのに、それを妻が、月琴《ユエチン》の母が命がけで長老たちに懇願してくれた。ミャオがワシを殺すのだったら、自分は舌を噛み切ってこの場で死ぬ、妻はそう断言した。さすがにそこまで言われると彼らもむげにはできない。おかげで何とか生き延びることができた。ただ二度と絶対に妻とは会わない、故国の地も踏まない、それを条件に追放されたのだ。もうミャオにも中国にも何の未練もない。この地で死んでいく。中国での妻との出来事が今は夢のように思われてくる……。それに李学誠《リ・シュエチョン》。月琴《ユエチン》の兄ではあっても私の息子ではない。彼は先住民との交渉を依頼してきたが、そのような煩わしいことはイヤだった。しかし月琴《ユエチン》の命に関わること、そう言われるなら、忘れかけた傷がうずく。やはり娘のこととなると、断れない。あいつは二言目にはミャオのためと言うが、ワシはそのミャオから放逐された人間であり、抹殺された人間だ。なのになぜミャオのため一肌脱がねばならぬのか。それも分からぬ情けない男だ。反権力を標榜する人間など、権力コンプレックスにすぎまい。彼は中国政府の権力に逆らっているが、それは自分が権力を握っていないことから来るコンプレックスであり、権力に逆らうというより、自分が権力者になるために闘っているにすぎぬ。先住民も先住民。ちょっと刺激があるなら、すぐ反乱だ、ミャオと連帯せよと騒ぎ立てる。もう騒ぎにはうんざりだ。確かにやられるからやり返す、それも分かる。恨みがあるからやり返す。それも分かる。しかしもううんざりなのだ」

昔から中国では「巧言令色《こうげんれいしょく》、鮮《すくな》し、仁《じん》」ゆうていつも愛想ようて口のうまいもんに、ロクなヤツおらんさかい気ィつけゆう諺あるやんか。さしずめ李学誠《リ・シュエチョン》なんか、そやな。やたら敬語使《つこ》ォて、愛嬌振りまいとるし、「ネコ」かぶっとんや。

夜はすっかり更けてる。風、止んでたのにどっからか弦楽器の音色耳にした気ィして、香《こう》の香《かお》りも次第に強うなるみたいや。別れ際に平岡さんへのお父さんからの伝言ですて、ローズが言《ゆ》う「月琴《ユエチン》がミャオの巫女であるゆえに、戦いに巻き込まれたことは間違いない。漢族《ハンズー》から追われ、ミャオからも逃げ出そうとする月琴《ユエチン》の気持ちを忖度《そんたく》してやって欲しい。彼女は戦いに明け暮れるミャオがイヤになった。自分の運命に抗おうとしたばっかりに……、あなたには酷かも知れないが、月琴《ユエチン》はもうこの世にいないと諦めていただきたい」そして「もしどうしても月琴《ユエチン》がどこにいるか知りたければ、マレーシアのバハウにいる李有晋《リ・イウチン》に占って貰いなさい」そうローズが付け足したて花琴《ファチン》は伝えた。もっと龍受申《ロン・ショウシェン》と話すこと有るように思えたけど、ローズ、もう帰れて言《ゆ》う龍受申《ロン・ショウシェン》の意向伝えてた。たった一晩ではアンマリ短い、いつまでも心残りに思えるんや。けどマン島からマレーシァに渡った平岡、そんな感傷に浸る余裕なんかあらへん。飛んでもないことに出会うんや、そこで。

——いよいよ大詰めですね。

——でも考えてみれば学校で習った歴史がいかに大国主義的だったか、よく分かるわ。

——ミャオ族《ズー》はもちろん、ケルトやロマ人なんて歴史の教科書に載っててんかったし、彼らについてあんまりにも無知ですよね。

——そう、私、彼から聞くまで、ケルトって名前も知らなかったの。

——ミャオ族《ズー》もそうです。もし、彼らの側から歴史、書いたら、ホンマに違った歴史、出来上がるんでしょうね。彼ら、みんな歴史のオモテ舞台から消えてしまってるんも、ひとえに文字持たんかったからなんでしょ。

——〈新〉大陸〈発見〉て笑ってしまうやろ。何が新大陸やねん。ネイティブ怒ってるやろな。

——学校で習う歴史って、その意味ではどうしようもなく、大国主義、文字文化主義ね。

――まったく、書かれたもん根拠に歴史書く司馬遷の「実証的」態度、現代ではほぼ間違いのない真理みたいに歴史学支配してます。

――有史以前、有史以後という大きな境界設けているけど、考えてみたらミャオ族《ズー》の言うように、人間にとって大切な神話の世界、歴史から切り捨てることになるんだから、神話と歴史という分け方自体が問題なのよ。（そう、モデルが言《ゆ》う）

――けど神話ゆうても、現代の我々に信仰心なんかあらしませんからね。神話と歴史、一体化させたら、それこそ大東亜共栄圏の復活、八紘一宇《はっこういちう》の再来って攻撃されますよ。

小説家が釘さす。

――そうね。悲しいことかも知れないけれど、この社会に生きて神を信じろなんて言う方がおかしいかもね。

写真家ちょっと腕時計に眼ェやって、それから言葉継いだ。

――ところでな、日本語の〈小説〉ゆうコトバの語源知ってるか？

――稗史《はいし》小説から来てるんでしょ。（小説家、間髪入れずに答える）

――ご名答！　もっともお前さんに聞いたんやなかったんやけど。

――なに？　稗史小説って？（モデル、もうウンザリって顔してる）

――そりゃ、専門家たる小説家さんに答えてもらわなアカンな。

モデルをちっとも気にせん写真家に水向けられて、ショウことなしに小説家始める。

——稗史ゆうんは稗官《はいかん》の採取した巷《ちまた》の物語。稗官ゆう役人が市中に流布してる話や出来事を集めたのをゆうんです。そんで彼らの集めた話「稗史《はいし》」とか「小説」いわれたみたいです。

——「小説」ゆうんは小人の説、つまりちっぽけな人間の言《ゆ》うことゆう意味や。

——フーン、あまりいい意味じゃないじゃない！

——そうです。中国ではずっと「稗史小説」は異端書扱いされてたんです。「経史子集」の正統に対して。

——そこでやな、言いたかったたんは何でそないに小説が中国の文学史ん中で異端扱いされてたかゆうことや。

——きっとミャオ族《ズー》と関係あるんでしょ。（今度はモデルすかさず言《ゆ》う）

——そう。

頷く写真家に向こうて、小説家、

——稗官《はいかん》ゆう役人はホントにいたかどうか分からんみたいですよ。『漢書』に典拠があって、班固《はんこ》、漢書の作者なんやけど、彼が「小説は稗官から出てきた」って言《ゆ》うてるんです、古代の王が市井の風俗知るため、そんな役人設けたんやって。そやけど、実在は確認されてへんみたいです。

——そこやんか。なんで王サンが世情風俗知りたがるんや。市井の風俗ゆうんは虎視眈々漢族《ハンズー》狙ってるミャオ族《ズー》の実態のことチャウんか？　いつ反乱起こすか分からんミャオ族《ズー》の様子探らせるスパイが「稗官」やったんチャウやろか？

——なるほど。

——なんか、強引な気がするわ。

——強引なもんか。「稗」はヒエやし、農耕民族象徴してるだけやない。「ノギ扁」に「卑しい」なんて漢字使《つこ》て、いかにも身分低いって感じ出しとるやろ。こんな作為的なこと見破れんでかいな。それに恐らく「稗官《はいかん》」の殆どミャオ族《ズー》やったんやな。

——ミャオ族《ズー》が稗官？

——そや。ミャオ族《ズー》のこと知るんやったらミャオ族《ズー》の人間が一番やろ。言葉の問題もあるし。漢族《ハンズー》に靡《なび》いた「熟苗《シューミャオ》」て、そうゆうことなんやろな。そやから稗官、漢族《ハンズー》から蔑まれただけやのうて、ミャオ族《ズー》、特に「生苗《ションミャオ》」からも憎まれとったんや。

——そら、自分たちのこと探る稗官《はいかん》に、ミャオ族《ズー》の人間、誰も好感なんか持たへんでしょうね。狡猾なやり方ですね。劉高明《リウ・カオミン》の言いぐさやないけど。

——稗官が卑しい役職ゆう観念、そのあたりに起源あるんや。

——そう考えたら、何で稗史《はいし》小説が「経史子集」に対して異端扱いされとったか、よう分かりますよね。単に文学ジャンルの問題やのうて長い歴史の産物やったんですから。

――もひとつ付け加えときたいんは「小説」は巷間から生まれる、物語はチマタから沸き上がってくるゆうこと、この言葉ほのめかしてるって、そう思わへんか?

その夜もバーに看板までいることになる。写真家の話、まだ終わりそうにないんやった。

第五章　クァラルンプール

1

竣工したばっかしのクァラルンプール国際空港から南へちょっと下ったネグリ・センビラン州にバハウゆう町があって、そこに李有晋《リ・イウチン》はいるて花琴《ファチン》が言《ゆ》う。李有晋《リ・イウチン》にコンタクトを取って翌日会う約束をし、クァラルンプールのホテルに泊まる。花琴《ファチン》、ニョニャ料理食べよて誘う。ニョニャ料理、マレーの料理と合体した中華料理、つまり中華料理の素材、使《つこ》うてマレーの香辛料で味付けした辛い料理や。豚肉、湯葉で巻き上げた〈ロバ〉が旨かった。もちろんマレー料理も食べた。スパイシーチキンの〈アヤム・マサッ〉も刺激的やったし、何より野菜、ココナッツミルクとスパイスで味付けた〈クァ・ロデッ〉、気に入った。花琴《ファチン》、おいしそーに飲んでたん、骨付き豚を煮た〈バクティー〉のスープ。

「中国料理って、言わば世界料理なのよ」

「……」

「周辺の異民族の料理やシルクロードを伝わってきた西方の料理、そういったものを巧みに取り入れて出来上がっているから」

「固有の中国料理というのは矛盾した概念ということかな」

「そう。中国料理とはその意味では雑種料理と言うべきね。例えば唐辛子が中国に入ってきたのは明代《みん》だし、四川料理の大半は四百年以上は遡れないの。それに味噌ベースから醬油ベースに代わったのもここ二百年くらいの間で、もっと新しいわ。中国料理の定番のように思われている麻婆豆腐でさえせいぜい百年くらいの歴史しかないの」

「エビのチリソースも新しいって気がするな」

「トマトが入ってきたのは一千年ほど前といわれているから、それより新しいことは確かね」

「考えてみれば、二千数百年前の孔子や孟子が現代人と同じものを食べていたと思う方がおかしいんだ」

「でも中国料理が雑種だって、けっして悪口ではないわ」

「料理がそうなら、意外と漢族《ハンズー》もそうかも知れない」

「どういうこと?」

「漢族《ハンズー》とミャオ族《ズー》とは元は同じ民族だろう? それが今や異なった民族として犬猿の仲。だけどそれも

三、四千年の時の流れの中で形成されてきたもので、ミャオ族《ズー》も漢族《ハンズー》も純血を守ってきたわけではないし……。お互いに色んな血を混ぜて次第に一見違うような民族になってしまっただけと違うかな。日本人から見ればミャオ族《ズー》も漢族《ハンズー》もさほど違わないように見えてしまう」
「そうね。そうかも知れない」

「漢族《ハンズー》がハイブリッド、混血であるようにミャオ族《ズー》もそう。でもまだ、現代人は民族というクビキから解き放たれないでいる。それはひょっとすると文字文化を基盤にした国家が現存することから、やむを得ず強いられているカタチかも知れないね」

「ミャオ族《ズー》も周囲が民族をタテに圧迫してくる限りはミャオという民族や言語を維持しなければならないんだわ。国家のことはよく分からないけど」

色んなスパイスが複雑な味、醸し出してる。マレー半島に住む中国人やミャオ族《ズー》の人間と同《おんな》じように中国料理もここではマレーの味確かに含んでるんやった。

ホテルへの帰り路。

「月琴《ユエチン》の名、私がつけたのよ」花琴《ファチン》が呟く。

「〈双軌制《シュウアンクイジイ》〉といって、ミャオ族《ズー》は今でもミャオ語の名前と漢語の名前と二つ持つことを認められているの」

「月琴《ユエチン》のミャオ語での名は？」

「ha」

「ha ?」

「そう。漢語で〈月亮《ユエリァン》〉、月明かりという意味」

「それで〈琴〉はキミの名からとったの?」

「それもあるけど、月琴《ユエチン》は唱《うた》うのが好きだったから、楽器の名をつけたかった。辛いことがあると唱って紛らすんだって」

「月明かりのもとで奏でる音楽という意味かな、彼女の名は」

「そう」

「キミは?」

「pong、〈花《ファ》〉っていうの」

「それで花琴《ファチン》だね」

「ええ」陽《ひ》ィ沈んで気温も低ゥなったせいか、心地エエ風吹いてて、ホテルのエレベーターに乗ってる時もマレーに来てるなんてちっとも信じられんかった。「こんなとこでオレ何してるんや」そう呟きとうなる。大学で研究してたこと、遠い昔の出来事みたい思いなされてくるんや。それに重苦しい気分頭の片隅に蟠《わだかま》ってる。どっからかずっと向こうの方からそれはやって来るんやった。

マレー半島の華人・華僑の間には預言と治病行う童札《タンキー》(tang-ki)て呼ばれるシャーマンがたくさん

いる。トランス状態になって神のお告げするんや。その神、仙師爺《センシャー》とか四師爺《シシャー》いわれる地元の神ゆう説もあるけど、この民間信仰組織化したんが〈黄老仙師慈教〉で、儒教の黄老仙師、仏教の斉天大聖、道教の太上老君、の三神崇拝してて、儒仏道の三位一体化した不思議な（エエかげんな言《ゆ》うた方が当たってるかな）新興宗教や。この地で〈苦力《クーリー》〉て呼ばれるように、地元の人間から差別され苦しい生活強いられてる華僑や華人の心の支えがこの宗教なんで、今では正式な信者数二千人超えてて、十月一日の廟開創記念日には一万人以上のシンパ集まるみたいや。そもそもは一九五〇年頃、廖俊《リアオチュン》ゆうシャーマンによって始められ、その後継者の一人が李有晋《リ・イウチン》なんやて。何でこの宗教が力持ったかゆうたら、それまでの童札《タンキー》信仰、それぞれの童札に対する信者の個人的崇拝にすぎんかったのに、廖俊《リアオチュン》は信者の横の関係作ったからなんや。一言で華僑・華人ゆうても福建《フーチエン》・広東それに海南島《ハイナンタァオ》と出身地様々やし、言葉も広東語、福建語、客家《はっか》語、ミャオ語なんかに別れてる。海外の華人はまとまってるようでバラバラでもあるんやな。そやから広東語を話す人間は、広東語を解する童札んとこへ、海南島出身者は海南島から来た童札へ、みたいなことやった。ほんで廖俊《リアオチュン》、儀式では客家語で喋るけど、必ず広東語その他の通訳つけて、それぞれの信者がよう分かる工夫したりしてるんや。その辺のアイデアが大衆受けした理由かな。

ババハウの町は雨で靄《もや》ってる。小糠雨《こぬかあめ》があたりをもうろうと覆ってて気温の高いせいもあってか息苦しい。間もなくその息苦しさ、気温だけのせいやないいて気ィついた。人の多いせいや。狭い通り、ひっきりなしに人歩いてく。雨んためにうつむき加減に歩くんで、二、三歩ごとに人にぶつかる。それにイギリスに行ってからずっと感じてる頭ん中の重苦しさ、一向にとれへんかった。なんでこんな気分重いんやろ。

いかつい男が無言でドア開けて、花琴《ファチン》が広東語で何か言《ゆ》うてるん聞こえる。狭い部屋で待たされた。きつい香《こう》の香《かお》りあたり一面、漂ってて、どっからか管弦ののんびりしたリズムで奏でられてるけど、空耳か思えるほどかすかな音色や。通された部屋、李有晋《リ・イウチン》の私室みたいで四畳半ぐらいの部屋に見たこともない像のかざった祭壇がある。壁に〈五平山〉とか〈黄老仙師〉とか墨書した紙、一面に貼られてて、祭壇からさっきと同《おん》な じ香やろか、盛んに煙昇ってる。

首まで詰まった白い服着た老人が現れ、花琴《ファチン》に声かける。ミャオ語や。さっぱり分からへんかったんで、ただ黙って見てた。李有晋《リ・イウチン》、一度も平岡見んかった。香のせいかだんだん頭のボーッとしてくるん自分でも分かる。あんまり香きつ過ぎるで、そう一人ごちた。笛の音、だんだん近づいて来るようにも思える。しばらくして花琴《ファチン》、「行きましょう」て広東語で言《ゆ》う。李有晋《リ・イウチン》じっと目ェつむったまま頷いてる。部屋から出たら李有晋《リ・イウチン》と同《おん》な じ服着た中年の男、無言で「こちらです」て合図するんや。薄暗い階段降りて地下道みたいなとこずいぶん歩かされた。鉄のはしご登って、明るいとこ出たら、すぐ車乗せられる。

「分かった?」

「何が?」

「月琴《ユエチン》の居場所」

「いいえ。でも叔母の居所が分かったわ」

「叔母さん?」

「そう、明日会えるわ」

むせ返る熱気が再び襲って来る。息が切れるような苦しさ離れへんし、頭ますますぼんやりしてくる。

小さい私設の空港からプロペラ機に乗って、真っ暗な海長いこと渡ったんや。

2

その夜は実に不思議な夜やった。

大きな部屋で朝まで待つよう花琴《ファチン》に言われたけど、薄明かりの頭ん中で何も考えることでけんかった。

案内の男申し訳なさそうに指さすテーブルには鶏(でなかったかも知れん)の天ぷら、野菜炒め、焼きそばみたいなん、それに老酒《ラオチュウ》が載ってた。食欲なかったんで老酒ばっかし飲んでて、花琴《ファチン》もほとんど食べへん。外から雨と海の波音ゆったり聞こえてる。ここはドコなんや……。一言もしゃべらん男、いつの間にか消えてる。

「月琴《ユエチン》はどうして私の目の前から消えてしまったんだろう」月琴《ユエチン》取り巻く状況だんだん分かってきたゆ

うても、『西遊記《シーイウチィ》』『金瓶梅《チンピンメイ》』のことまだよう分からへんし、月琴《ユエチン》については相変わらず何も分からへんままや。少しずつ酔いの回ってくる意識からつい口に出してしもうた。

「漢族《ハンズー》に誘拐された（もしくは殺されたとは花琴《ファチン》付け加えへんかった）。あるいはあなたに迷惑がかかることを恐れて逃げた……」

「中国から逃げるために私を利用しただけなのだろうか」本当はちっとも自分愛してへんかったんでは、とは付け加えんかった。それではアンマリみじめやないか。誰でもエエから、とにかくそうやないて今は言《ゆ》うて欲しい。

「それは絶対に違うと思うの。月琴《ユエチン》は間違っても人の心を踏みにじるようなことするはずがないわ」

「そのつもりはなくても、十分踏みにじっているよ」

「そうね。その点については月琴《ユエチン》に代わってお詫びするわ。よくよくのことがあったんでしょう、きっと。大陸を離れる時から、月琴《ユエチン》があなたを愛していたとは言えないかも知れない。けれども予感はあったと思うの。平岡さんはイーカンチウションイーを信じる？」

「イーカンチウションイー？」

「一目見て相手の人を好きになること」

「あァ、一看就生意《イーカンチウションイー》。一目惚れね……。初めて逢った時から月琴《ユエチン》に惹かれていた。そういう意味では一看就生意だったのかも知れない」

花琴《ファチン》の気持ち、思いやる余裕なんてなかった。少し感傷的なってるな思うた。そやけど利用されたんチャウかゆう疑い、きれいにぬぐい去ることまででけへんのや。

「中国を離れるのは月琴《ユエチン》にとって大きな賭のようなものだった。そんな大きな賭を何の成算もなく行ったようには思えない。きっと賭を促す力をあなたから受け取ったのではないかしら。私には分かるような気がする、あなたには人を信頼させる（そう言《ゆ》うて、花琴《ファチン》遠くを見た）、そんな優しさがあるもの」

「利用できる、利用しても大丈夫だという信頼？」

「違います」て花琴《ファチン》きっぱり言《ゆ》う。雨の音消えてる。

「花琴《ファチン》さんはナショナリティを棄て去ることができる？　国籍や民族を棄てて人は生きることができるのだろうか」

「月琴《ユエチン》がそうしたように？」

「ええ」

「できると思うわ（もしそう促してくれる相手がいるなら、とは言わなかった）。確かに難しいけれどね。でもできると思わなければ私も大陸を離れることはなかった。ミャオ族《ズー》に未練はないの。故郷の土地にも縛られたくない。もう充分だというのが本音。でも月琴《ユエチン》があなたに賭けたのは、自分を変えてまで賭けるとはそれは平岡さんへの愛情の証ではなかったかしら？　今となっては月琴《ユエチン》の気持ちが……、よく分かるの」

花琴《ファチン》の言葉、そやけど慰めにならんかった。悲しみますます深うなるよう。きっと疲れてたせいや、老酒《ラオチュウ》ようまわったしあの香《こう》のせいもあるかも知れん。

「月琴《ユエチン》は自分の運命から逃れたかった……」

「でも棄て去ることができるものは、運命とは呼ばない」

「どういう意味?」花琴《ファチン》、大きな瞳で男を、見る。

「国家は運命じゃないと思う。月琴《ユエチン》でなくとも亡命って言葉があるように逃れることができるんだから」

「でも容易じゃないわ」

「確かに。でもできないことでないのも確かだ。それに民族だって、もしそれが文化や言語を意味するのなら選ぶことができない訳じゃない。月琴《ユエチン》のようにミャオ語も中国での生活も棄てて僕の妻となったように」

「黒人は白人になれないわ」

「そうかもしれない」花琴《ファチン》、何言いたいんか真意つかめへん。老酒の香り、強ゥ口ん中に残ってる。花琴《ファチン》が口開く。

「人が本当に逃れられないのはナショナリティではなく運命なのじゃない? うまく言えないんだけど持って生まれたもののことかしら」再び花琴《ファチン》、男の肩越えて遠くの方見やる。

「月琴《ユエチン》が李一族の女として生まれたこと？　ずば抜けた記憶力と優れた音感つまり巫女に必要なものを皆持って生まれたこと？」

「そう言ってもいいわ」

「でもそれも逃れることができるものだよ。李一族から逃れれば巫女でもなくなる。日本では彼女はただの一人の女性だった。記憶力も音感も巫女としての彼女に奉仕するだけのものではないとも言えないだろうか」

運命ゆう言葉自体、その考え方自体に平岡なじめんかった。何で花琴《ファチン》、そんな言葉わざわざ持ち出したんやろ。

「叔母は月琴《ユエチン》が逃げるのに賛成しなかったけど、私なら勧めただろうと思う。そんな風な考え方の違い、違うように考える傾向のことかも知れない」

「性格のこと？」

「それもあるけど、もっと広い意味でその人の持って生まれた傾向……」性格や性癖のこととチャウンやろか？

「月琴が逃れようとしたのはその自分の持って生まれたものだったような気がする。平岡さんはどうして月琴が好きになったの？」いきなり問われ、平岡、顔紅《あこ》うなるよな気ィした。

「月琴の何もかもが好きだった」こんなとこでノロケてもシャァない思たけど、そう言《ゆ》うしかないんやった。そんなん説明できるもんチャウやんか。と、そう思た時、花琴《ファチン》の言《ゆ》うところ、チョット分かったよな気にもなる。月琴《ユエチン》好きになるよな自分の持ってる傾向性、中島みゆきの歌に惹かれる性癖、そんなもん確かにあるよに思えてくるし、それ、はっきり意識するんが自分ゆうもん自覚することやて思われてくるよな気ィさえする。

「月琴《ユエチン》は私から見れば、気の小さいおとなしい子だった。そんな彼女が国を出て男のもとに飛び込むなんて、誰にも考えられないこと。だからこそミャオ族《ズー》の男どもの監視を逃れ容易にできた。皆《みんな》油断したのね」

「それほどミャオ族《ズー》がイヤになった」

「もちろんそうだけど、それだけでは説明できそうにないの。だって叔母のように生きながらえて、忍従の一生を送る道もあったのだから」

「月琴《ユエチン》の行為はミャオ族《ズー》から逃れるというより、自分から逃れるものだった?」

「そうね」

「でも叔母さんを例にとるなら、そうしなかった人が現にいる以上、逃げ出そうて決心するんも、〈大人しい自分〉から逃れる試み、ゆうより、それこそ月琴《ユエチン》の性格、固有な性格の一部だってことにもならないかな」

何か言葉もてあそんでるようでスッキリせんかった。酒のせいやろか。同時に運命ゆうこと真剣に考えたことない自分の軽薄さ、そんなもんが自分の言葉に漂ってるみたいで、苦い唾呑み込んだ。しばらく黙ってた花琴《ファチン》、「でもやっぱりうまくいかなかった？　それが宿命だったのかしら」そう言いたげに、いつまでも遠くの方見つめたままや。まだ雨、ねばつくように降ってる気配。静かな部屋、薄明かりの中、二人の声だけ響いてる。

　夢うつつん中で隣の部屋のベッドに入る。しばらくして花琴《ファチン》入って来たみたい。服脱いで横に滑り込む。枕元から小さな麝香《ショシアン》のケース取り出し身体に塗ってくれる。強い刺激がいっそう頭痺れさせる。花琴《ファチン》、身体ゆっくり愛撫するみたい丁寧に塗ってくれたんや。そのうち香りが部屋満たし、その香り花《ファ》琴《チン》の体から発して来るみたいにも思える。痺れるような喜びに浸ってた。いつの間にか月琴《ユエチン》が愛撫してる。小さな柔らかい手ェいく度もいく度も身体這うんや。我慢できんようなって、月琴《ユエチン》の首引き寄せたかった。けど痺れきった腕言《ゆ》うことききかへん。

　月琴《ユエチン》！

　声出そ、てしたのに、声響かへん。暗闇の中で香りだけが生き物《もん》みたいに蠢いてる。上に乗って来る。

　月琴《ユエチン》！

　もう一度、声出した。けど、声闇ん中に沈み込んでくみたいで、香りだけ動いてる。どっからか、歌声聞こえて来る。

「feng shi feng, feng shi feng, . . .」

月琴《ユエチン》の声は目の前やのにずっと遠くから響いて来るみたいで、訝《いぶか》しかったけど、体の重みだけはっきり感じられたんや。月琴《ユエチン》。もう一回今度は小そう囁いてみる。ゆっくり頷くみたいや。身体倒して唇強く吸う。懐かしい香り、あたり一面に広がってく。あァ、こんな気分やったなァ……。

翌朝、波の音で目ェ覚めた時、一人やった。夢の中の月琴《ユエチン》消えてしもてる。地面に吸い取られるみたいな脱力感、体中に残ってて、うなされてたせいか、よう寝られんかったせいか、ダルい身体ゆっくりベッドから持ち上げた。

その日、屏辺《ピンビエン》で別れた月琴《ユエチン》の叔母さんに会《お》うたんや。

——彼女は、死んだて言いませんでした？

思わず聞きただす。いつものバーやけど、今日はモデルいいひん。喧嘩した言《ゆ》うてた。カウンターの前、二人だけで並んでる、何か物足りんなァ。

——いいや、言わんかった。そやけど花琴《ファチン》、あの時まだ平岡信用してへんかったんで、ホンマのことほとんど言わんかったんや。

——なんや、騙されてる気ィしますねェ。（写真家、無視して続ける）

……叔母さん、黙って腕差し出し、手ェ強う握りしめる。「平岡さん……」花琴《ファチン》が普通話《プートゥンファ》に翻訳する。「あなたは私がなぜこんなところにいるか、さぞかし不思議に思っておられるでしょうね。でも屏辺と違って安全な場所ですからゆっくりお話しさせていただきます。ここには李有晋《リ・イウチン》たちが連れて来てくれました。彼はこの国で大きな力を持っていますし、中国の〈黒社会《ヘイシャフィ》〉にも顔が利きます。おかげで楽に国境を越えることができました」

「黒社会《ヘイシャフィ》」て、日本のヤクザや暴力団のことや。ま、「蛇の道は蛇」ゆうとこかな。彼らには国境なんて何でもないし、政府の高官とも太ォいパイプをつないでる。中国て今でもな、『儒林外史』に描かれてるみたいに、官僚一人出たら一族全体が潤うてゆうほどスゴイ「賄賂」政治なんや。ワイロゆうたらあかんな。当たり前になってるんやさかい日本のワイロ感覚とちょっとチャウ。ただ金で大抵のこと、できるんだけ間違いない。

でも「ここ」てドコなんやろ？　叔母さんの話では李有晋《リ・イウチン》のとこへマン島のローズからEメールが届き、平岡、花琴《ファチン》の二人つけられてるんで、こっそり叔母さんのとこ案内してやれって言《ゆ》うてきたんや。尾行してるんはCIAか漢族《ハンズー》あるいは李学誠《リ・シュエチョン》の手先、考えられるけど、恐らくCIAやろ。いずれにしても危険なことは危険なんでクレグレも注意するようにとのことやった。ただ心配なん、その後ローズから何の音沙汰もないこと。何や、あの息苦しさ、人につけられてる感覚やったんかァ。けどそやったら何でいつまでも、これ、とれへんのや、喉の奥だけやのうて、今では胸の底まで息苦しさ広がってる……。

ネイティブ・アメリカン、ジプシー、ケルト、ミャオ族《ズー》など無文字文化を生きる人たち、八〇年代に入ってネットワーク作り出したていう。インターネット通じて、情報、交換し合ってるんやて。面白《おもろ》いんは九〇年代の初め、このネットワーク、強力な組織にしよゆう提案なされたんやけど、みんなソッポ向いてしもた。組織作ると権力やヒエラルキー必ず生じるさかいにって。確かに組織は国家の始まりかも知れんしな。

「私は中国ではすでに死んでいる人間です」

「死んでいる?」

「戸籍がないの」花琴《ファチン》が説明する。「ミャオ族《ズー》の巫女は生まれても戸籍に載せられることがないのです。そういう意味では黒孩子《ヘイハエズ》と同じです。巫女は対漢族《ハンズー》抗争の隠された最後の拠点だったのです」

叔母さんの前の椅子に座ったら花琴《ファチン》も同《おんな》じよに黙って横に並ぶ。華奢な女性が一人、お茶持って来て下がってく。叔母さんが飲むように促す。香りのエエおいしいお茶や。「普通の普洱《プーアル》茶とは違いますよ。マンゴー果汁が入っています。ベトナムに〈チャー・ソァイ・ツォイ〉といって、ウーロン茶にマンゴーを入れたお茶があるのでそれをまねてみました。おいしいですよ」叔母さんの閉じた二つの眼《まなこ》、静かに微笑んだようや。

3

――これまで、いつも女振り捨ててきたんやけど、今度ばっかしは参った。

写真家から呼び出し受けていつものバー。モデルのいいひんのが意外や。そしたらあの噂ホンマなんかな？

——こんなん初めてや。いやチャウか。マユミのこと、あったな。それはともかくユキと別れたんや。あんな小娘に捨てられたんやで。情けないやない。今まで女はエイリァンて思てきた。女は未知数、神秘や。その神秘は男の理解超えとる。そこがたまらん魅力やった。何で世の中に女と男いるんや、教えてんか。もし神さんがいて、たった一つ願い事かなえたる言《ゆ》うたら〈妊娠したい〉て言《ゆ》ォ思てる。あれ、憧れへんか。大きいお腹して嬉しそーな顔してる女性、何であんな風に満足げなんやって。神々しくすらあるやんか。膨らんだ腹に手ェ当てて〈あッ、動いた〉なんて感動もんやで。あの充実感だけはオス味わえへん、口惜しないか。〈色恋は思案の外〉ゆう言葉あるやろ。あれァエエ女が「何であんなしょうもない男と……」てな具合に女と男の結びつきの妙、ゆうてる思われてるけど、チャウ思うんや。〈思案の外〉て色恋には言葉で表現でけん神秘あるゆう風にも受け取れるんや。その神秘解き明かそ、解き明かそ思て努めてきた。けどなアカン！　アカンのや。一年も一緒にいたら神秘が神秘でのうなる。慣れてしまうんや。ただのルーティン・ワークになってしまうんや。分かるか、一人もんのお前に……。

単に体力衰えたんでしょて、言いたかったけど「そら生きるんは生活することで、生活は毎日のことやから、退屈なもんですわ」て逃げた。

——ケッ。お前さんが口にしたら、何か〈退屈〉安っぽなるわ。エエか、オレのはな、中年男の苦悩、ドロドロに染み込んでるんや、そんじょそこらの〈退屈〉とは訳がチャウ。お前さんの〈退屈〉、二束三文でそこらに売ってる出来合の〈退屈〉や！

方向、変えよてした。

――神秘解き明かそ、しゃはるんでアカンのんチャイますか？

――どういうこっちゃ。

――遠くからそっと眺めたはった方がエエんやないか、そう思ただけです。

――何やそれ、ホンなら手ェも握らんとただ眺めてろゆうんか。

――いや、そやのうて神秘を神秘として味わうだけにしゃはったらエエん違うかゆう意味です。

――でもな、そそられへんか。神秘に。謎に惹きつけられるゆうんは、謎解きたいゆう心理と裏表ちゃうんか。

――そうでしょうか。私なんぞ〈君子危うきに近寄らず〉で裏道歩くようにしてます。

――ショウもない男やな、そんなんで一人前の男言えるか。中国では虹は男女の交合のシンボルや。あのきれいな虹、見ても、中国人て、男女のアレ思いだすんや。生物の使命は生殖や。子孫残すことや。そこにしか雌雄の別の意味あらへん。お前さんみたいにただ精子《たね》垂れ流すだけの存在なんか、オトコの風上にもおけんわ。

――いくら何でもそれ言いすぎでしょ。

――言いすぎなことあるもんかィ。

妻に離縁され、その鬱憤投げつけてるだけなんやろけど、相手こそいい面の皮や。

「マユミィ、お前は……」カウンターにうつ伏せになって泣いてるんかも知れん。彼の言《ゆ》うトコではマユミは特別な女性やそうな。人生の一コマ飾っただけで彗星が夏空横切るみたい静かに消えてった女性。逃がした魚は大きい？　そやないて力説しとったけど、そういうもんやないんかなァ。

――マユミといたら決まって写真撮るにふさわしい場面に出くわす。それが二度三度重なるうち次第に気味ィ悪ゥなってな。安田君が来るわ。安田？　あいつ、東京の大学に行ってるんやで。京都におるはずないやん。言い終わらんシリから安田が前からやって来る。こんなんだけやない。あの人死なはるん違う？　マユミに言われたヤツ、ホンマに数日後亡くなりよった。不思議なことあるもんや。不思議ゆうより気色悪いがな。そいでつい会う日が間遠になって……。ある日、私結婚します。それだけ言《ゆ》うて消えてったんや。ただそれだけの女性。手ェも握ってへん。（そやけど、そやからこそ美化されとるんチャウやろか）

――マユミィ、お前、どこ行ってしもたんや。

何遍も同《おんな》じ言葉吐いてた。

翌日のこと、同じバーで。

――ごめんね。わざわざ来て貰って。

――いいんです。どうせ暇なんで。

――あの人にも今度という今度は呆れ果てた。

ユキはタバコ激しく吹かす。

――一体何があったんです。

――何があったという訳でもないの。そうと違って何もなかったって言った方が正確かしら。

――何もなかったんやったら、何で別れはったんです？

――幻滅したのよ。何もなかったことにがっかりしたの。

どう返事したらエエんやろ。

――あの人の書斎、知っているわよね。私、あの本に圧倒されていたの。あの数に。壁一面ばかりか、机の上、床の上、とにかくスペースのあるところはみんな本で埋まっている。初めてあの人の部屋に行った時、私びっくりしてしまった。図書館以外でこんなに沢山の本見たことがないって。そこが私たまらない魅力だった。これだけ本を読んでいる人だったらきっと色んなこと知っている。私の知らないこと沢山知っている。この人について行こう。一人で生きていると踏み落ちそうな穴からこの人だったら落ちないように手をつないでいてくれる……、そう思ったの。だから友だちが何であんなオジンがええのんて言った時も、私言ったのよ。オジンだからいいのッて。若い奴なんてただ欲望ギラつかせて女を漁っているだけじゃない。エッチするのもいいけど、もっと違うものを私はあの人に求めていたと思うわ。なのにあの人、何もしない。何も教えてくれない。一年以上一緒にいてただ本を読んでるだけ。週に一度はどっさり本を買い込んで来てうれしそうにページをめくっているの。本代だけで月十万は使っている……。ただの〈書物フェチ〉よ、彼は。インクの付いた紙束がただ好きなだけ。本買って読むだけだったらお金があればいくらでもできる。ちょっと写真家として名前が売れているか知らないけれど、だからお金もそこそこ持っているけれど、それで生活に困らない程度に余ったお金で本を買って読んでいるだけ。確かに私の倍ほど生きて何十倍も本を読んでいるから、色んなこと知っていることは知っている。言葉だけはたくさん吐き出している。

けれど私が求めているのはそんな言葉じゃない。もっと熱いもの。素手で触《さわ》れないような熱いもの。なのに熱いのはあの人体温だけだった。バカみたい。

私真剣に生きたかった。間違いなく人生を生きたかった。けれどあの人ときたら、何言《ゆ》うてんねん、人生行き当たりばったり、それが正しい生き方や、なんてうそぶいて澄ましている。私もう腹が立ってきて、一緒になんかいられないと思った。なぜって、それならあの人と一緒に暮らす甲斐、ないじゃない。一人で生きていたって行き当たりばったりぐらいなら、私にだってできるわよ。

ユキは泣かんかった。それでも喋ってるうち、気持ち高ぶってくるんやろか。一人でアパートで泣いてたらみじめなんで、こうして人呼び出して、強気に愚痴ばらまく、そんなとこかな。黙ってビール飲んでた。ユキも何杯飲んだか数え切れんほど飲んでる。今住んでるアパートすぐそこやさかい、思い存分飲んだらエエ、そう思うてるみたいや。閉店になってバー追い出され、もう一軒行った。木屋町通りの路地裏の小さなスナック。人に連れられそれから一人で何度か飲んだ店や。薄暗い店ん中、真夜中とうに過ぎてんのに若いカップル何組かいてる。ユキと同《おんな》じくらいの年格好。「どう見ても一番年かさやな」一緒にウイスキーの水割り飲み出した。ウイスキーの水割り好きやなかったけどもうかなり酔ってて、注文考えるん面倒やし、ユキと同《おんな》じもんにしただけ。

——そやけどそんなしょうもないことで別れはるんですか。

——しょうもないこと？

——ええ。ユキさんのおっしゃること分からんでもないですけど、別れるほどのことやない思うんですけど。

ユキ立て続けにタバコ吹かしながら言《ゆ》う。

——あの人、語学が巧みでしょう。英語、イタリア語、中国語、韓国語がペラペラ。初めてデイトした時、偶々《たまたま》イタリア女性が道訊ねてきたの。彼親切に教えてたわ。普段とは全然違う大仰な身ぶりにもびっくりしたけど、グラーチェって言う時の〈ラ〉の巻き舌がとってもうまくて、まるでネイティブみたいだった。これ感動ものよね。でも一年経つとすっかり色あせるの。大仰な身ぶりも〈ラ〉の巻き舌も、何か鼻についてわざとらしくて、イヤになったわ。ネイティブなら絶対にしないような癖のある巻き舌。オレは巻き舌がこんなに上手いんだって、自己主張しいてるイヤらしさよね……。人ってこんなに変わりやすいものだったのかしら。

出会った初めは僅かの共通点探して喜んでたのに、一年経ったら些細な違いばっかし目に付くゆうとこかな。彼女にしてみたら、それで別れるんに充分なんかも知れん。神秘にこだわる男も厄介やけど、何も神秘がないゆうんもちょっとモノ足らんなァ……。救いは子どもが出来んかったウチゆうとこかな。あれァ小学校に上がる頃、親父と別れたお袋、だんだん親父に似てくるオレ、複雑な表情で見とった。確かに愛し合う夫婦の間に出来た子ォ「愛の結晶」ゆうても、別れた男女の間に残った子「後悔の塊《かたまり》」やもんな。クワバラ、クワバラ。その店も閉まって外に出た時もう明るかった。飲み明かすなんて久しぶりや。ユキの足元ふらついてて支えようてしたら手ェ延ばした彼女と重なり、抱き合うみたな恰好でそのままアパートまで運んでった。

翌日仕事場に向かう歩みの中で「君子危うきに近寄らず、か」そう苦々しく呟いてる。

4

——ちょっと、話むつかしうなってきたさかい整理しとくわな。李学誠《リ・シュエチョン》はミャオ族《ズー》の蜂起、アメリカ先住民の援助得て実行しよて思てる。その過程で月琴《ユエチン》は失踪したんや。ミャオ族《ズー》と漢族《ハンズー》の抗争には東富西貧ゆう「東西問題」が背景にあって、また龍受申《ロン・ショウシェン》の言《ゆ》うには住む土地の争いゆう外貌を見せてるけど、三峡《サンシア》ダムの開発に象徴されるよに内側では神の争奪合戦つまり合理主義と非合理主義ゆう「南北問題」抱えてもいるんや。ミャオ族《ズー》は漢文化の支配に反発して古来様々な手ェ使《つこ》うて抵抗してきた。

殷墟の研究から図らずもその経緯に気づいた聞一多《ウエン・イートゥオ》、漢族《ハンズー》に暗殺されてしもた。土地の争奪合戦にうつつ抜かすことは神の回復忘れることやし、それこそディズニーランド開発に始まる漢族《ハンズー》の挑発のホンマの狙いなんで、ミャオ族《ズー》の男連中、龍受申《ロン・ショウシェン》から見たらマンマと一杯食わされてる愚かな連中に見えるんやった。まァこんなとこかな?

——月琴《ユエチン》はどうなったんです。平岡氏、月琴《ユエチン》に逢えたんですか。それから、も一つ、『西遊記《シーイウチィ》』『金瓶梅《チンピンメイ》』はどない関わるんです?

——そないイッペンに質問せんといてえな。ボチボチ話したるさかい。

——ほんまボチボチですね。この話聞き始めてから、もう一年以上経ってますよ。

——まァエエがな。そこで漢族《ハンズー》がもっとも抹殺したかったたん、神話語り伝える巫女一族、巫女中の巫女、月琴《ユエチン》やゆうことになるん分かるやろ。月琴《ユエチン》の母、その日がいずれ来ること、来つつあること知ってて、月琴《ユエチン》に逃げるよう諭してた。叔母さん、こう語ったんや。

「私たち巫女はこれまでいつも戦争には反対してきました。ですからミャオ族《ズー》の英雄は皆男ばかりです。彼らが勝利を収め土地を回復すると、それは形あるものですから、多くの人はそれを見て喜ぶことができます。英雄の行為とはそういうもの。けれども女どもは亡くなった一人の戦士、悲嘆に暮れる妻や子どもの泣き声を聴きます。本当の目的は、戦うことの中にはない。人の命を奪い敗者を犠牲にする勝利の中に本当の喜びなどないでしょう。人の幸福は、戦いに勝つこと、土地の所有、国家の運営という男どもの営みの中にはないのです。むしろその外側にこそありはしないでしょうか。私たちの神話はそのことを教えています。月琴《ユエチン》の父は理解しました。ただ一人漢族《ハンズー》との絶え間ない争いに異を唱えたのです。長老たちは彼を亡き者にしようとしましたが、月琴《ユエチン》の母が彼を殺すなら自分も生きてはいないと言って龍受申《ロン・ショウシェン》を救いました。その経過はご承知の通りです。しかし、月日が流れるに従い、ミャオの男どもは次第に反抗的なってくる姉が邪魔で、月琴《ユエチン》が十三の秋に殺してしまいました。それを月琴《ユエチン》はおぼろげに知ったのです。ミャオの男どもは李学誠《リ・シュエチョン》に代表されるように、もう巫術《ふじゅつ》など必要としないのかも知れません。それこそ終末であり滅亡であることも理解しないで……。戦いの的《まと》は（本当は戦いなどという言葉は使いたくないのですが）、漢族《ハンズー》ではないのです。そういったものを必然的に生み出してくる、文字によって作られた世界、その歴史、人々の姿勢そのものです。月琴《ユエチン》も嫌悪しました。残った片方の眼をくりぬかれる十五歳になる前に、彼女は飛び出さねばならなかった。ミャオの巫女はご覧のように……」そう言《ゆ》うて、叔母さん、喉詰まらせた。

「ご覧のように二つの眼を潰され、足の筋を抜かれるのです。もう満足に歩くことも、陽を見ることもできません……」

今度は平岡が息呑んだ。

——何か、凄い話ですね。巫女になるのに、何で眼ェ潰したり、脚の筋、抜いたりせなアカンのです？

――それが風習なんやからしゃあないやんか。（写真家は話の腰を折られたんが不満そう）

――なるほどね。伝統ゆうんは、歴史の産物って考えられてますけど、でも意外と現代の要求から作り出されたいい加減なモン、みたいですよ。

――どういうこっちゃ。

――伝統的なものって、長い歴史を経てるように思われてても、意外と新しく作り替えられたモンが多いってことです。

――例えば？

――例えば寄席。昔は小屋も狭く、照明もマイクもなかったし……。落語家の語りの速度も今とは比べモンにならへんほど遅かったたって思われます。

――語りの速度は時代の速度と相関関係あるもんな、確かに。

――巫女の眼ェ潰すんかって、昔からそうやったんかなって疑問湧きませんか？

――まあ、叔母さんの話、もうちょっと聞いてや。

「でも、そのことはいいのです。それが巫女の務めでしたら。けれども男どもはそんなこととは別に巫女の眼を潰し、一本の足で踊らせるのです。信仰を抱いていないなら、神を信じていないなら、どうして巫女を巫女としていつまでも悲惨な目に遭わせるのでしょう。神のいない巫女は人形にすぎません。いいえ人形以下です。文字文化に囲まれている限り、汚染されいくのは仕方のないことでしょうか。それでしたら眼を両方とも私のように潰す方がよほどましではありませんか。生まれつき授かった両《ふた》つの眼を犠牲にしないではいられないとは実に悲しいことですね。それほど人間は弱いということでしょうか。それとも文字文化が人々を追いつめているというのでしょうか。

姉はミャオを憎んでいました。それは月琴《ユエチン》の眼がくり抜かれた時から始まりました。生まれて間もない子の眼を彼らは抉《えぐ》り抜いたのです。それが神の嫁である巫女の〈印〉だったから。母親としてこんな悲しいことがあるでしょうか。信仰があるなら、神が生きているなら、それも尊いことでしょうけれども、男どもは信じてもいない神のために幼い月琴《ユエチン》の眼をくり抜き、巫山《ウーシャン》へ連れ去りました。月琴《ユエチン》はここで神の嫁、巫女としての修行をさせられたのです。人里離れた巫山の中で来る日も来る日もミャオに伝わる伝承を暗誦させられ、狂うように踊らされました。月琴《ユエチン》には普通の子どものような楽しい幼児期はなかったのです。私もそうでしたからよく分かります。(月琴《ユエチン》の経済観念の無かったん思い出してた。金銭感覚まったく欠けとったん、そのせいやったんやな……)口承を間違えるとぶたれます。いく度もいく度も喉が潰れそうになるまで繰り返し踊り唱えさせられます。一度も間違えずに朗々と一週間に及ぶ吟唱を覚えさせられます。そして十五になれば右の眼をくり抜かれ筋を一本抜かれ、巫女として一人前の姿になるのです。

そればかりではありません。神の嫁である巫女は十五歳になると神と交わることを強いられます。神といっても神に扮したミャオの男ども。彼らのいく人もと巫女は交わるのです。月琴《ユエチン》の細い身体がそれに耐えられるか、姉も私も心配しました。かつては神を選ぶことができました。神になる男を選ぶのは巫女でした。それが漢語で言う〈イウ・ファン〉だったのに、いつの間にか巫女を選ぶのは男どもになっていました。巫女は人形のように、愛玩動物のようにただ交接の相手として生きさせられるのです。(叔母さん泣いているように見えた。眼のない眼から涙だけ、静かに流れてるんやった)漢族《ハンズー》の作り上げた〈歴史〉の中にミャオも取り込まれていったのです。父系社会、男の文化の影響から免れることはできませんでした。

姉は生前月琴《ユエチン》に逃げろと諭していました。けれども私はあの日諦めろと言ったのです。逃げられっこありません。逃げてどこに行くというのでしょう。ミャオの巫女がミャオを離れて生きていけるでしょうか。人は運命に抗うことなどできるでしょうか。(運命やて! 何でミャオ族《ズー》、この言葉そんな好きなんやろ。キツーい社会の抑圧のせいで、よけい切実に感じさせられんやろか。日本、平和やな。けどそれって嬉しがることやないな)その帰りに河口《ハーコォウ》で平岡さん、あなたと遭ったのだと思います。月琴《ユエチン》は私の忠告より母の遺志に従おうとしました。選ばれたのがあなただったのです。(これも運命、なんやろか?)なぜあなただったのか、私には分かりかねますが、花琴《ファチン》は分かると言います。月琴《ユエチン》の母は絶望していました。自分が巫女であることと同時に虹雲《フンユン》の巫術《ふじゅつ》を誤解している男どもに。

姉の不幸は姉があの男を愛したことかも知れないのです。月琴《ユエチン》の父は賢い人でした。彼は姉との交合から巫術に気づいてしまったのです。姉は喜びました。他の男どもは巫術などには思いも及ばず、ただ性の快楽しか感得しなかったのに、です。きっとこれまで多くの男どもはそうだったのでしょう。それが龍受申《ロン・ショウシェン》の殺されかけた理由です。虹雲の巫術は戦いを促すものではなかった。むしろそれを超えるものであったはずです。だからミャオは虐げられ差別されても生きることができました。ミャオの力の秘密です。けれども文字文化に汚された男どもはその文化に侵された発想で漢族《ハンズー》に刃向かうばかりなのです。

龍受申《ロン・ショウシェン》は姉を妻だと言っていますが、巫女は結婚しません。多くの神と交わる巫女に人間の夫などいるはずがないのです。ただ姉も龍受申《ロン・ショウシェン》も、生まれた女の子、月琴《ユエチン》だけは自分たち二人の子どもだと信じて疑わないのです。月琴《ユエチン》とは父が違う李学誠《リ・シュエチョン》は月琴《ユエチン》が好きだったのかも知れません。というより自分が交わるはずの女性をあなたに横取りされたので、あなたに強い憎しみを抱いたと思います。広州《クワンチョウ》の警察に売ったのもそれがためでしょう。彼はオクラホマであなたばかりか龍受申《ロン・ショウシェン》も殺す予定でした。ミャオを守るためという大義名分で龍受申《ロン・ショウシェン》も抹殺し、あなたも亡き者にするはずだったと思います。そして月琴《ユエチン》も恐らく……。ひょっとしたらもう龍受申《ロン・ショウシェン》は殺されているかも知れません。

ローズから連絡が途絶えているのです。

ですからミャオと漢族《ハンズー》との争いの中には男と女の葛藤もまた秘められていました。私たち女は男どもを取り返すために絡み合わざるを得ないのでしょうか。漢族《ハンズー》の文化や歴史に取り込まれた男ども、文字の造り出した帝国の夢に酔う男ども、これは悲しいことではありませんか。彼らはそれが歴史であり、世界であると信じて疑わないのですから。〈禅譲〉を思い出して下さい。夏王朝の禹《う》は息子の啓《けい》に位を譲り父系社会が確立されました。この時なのです。歴史がひっくり返されたのは。いいですか。ミヤオの文化は母系社会でした。巫女が最も人々に信頼される人間、神の嫁でした」

そう言《ゆ》うや、叔母さん、深い深いため息ついた。恥ずかしかった。これまで月琴《ユエチン》、ホンマに自分愛してくれてたんか、利用しただけやったんか、そんなことばっかし考えてた自分が情けない。月琴《ユエチン》の抱えてた悲しみの深さに比べたら何とノーテンキな人間やったか。彼女の口にした「ダイジョウブデスヨ」ゆうたどたどしい日本語、痛切に思い返されてくるんやった。

「これからの苦労に比べたらダイジョウブデスヨ」ちっとも大丈夫やなかったろうに……。

それ以後、本当に月琴《ユエチン》愛してたんかゆう鋭い疑問に苛まれた。月琴《ユエチン》の深い悲しみ思いやれんかった男、果たして夫と呼ぶに値するやろか、そう思たんや。ずっと感じてる胸の奥の息苦しさ、それが懐かしいもんに思えてきて、こうして苦しむことしか、月琴《ユエチン》と一緒や思て、苦しむことしかしてやれることあらへん。息苦しさン中で死ぬほど苦しむこと、それだけが月琴《ユエチン》愛することやし、愛する者《もん》のできることやて思い始めたんや。月琴《ユエチン》、今もどっかで芦笙《ルーション》吹いてるんやろな。とうとう聞くことでけへんかったミヤオの神の音、どっかで一人奏でてるんやろな……。月琴《ユエチン》、どこにいるんや？　どこで泣いてるんや？

——虹雲《フンユン》の巫術《ふじゅつ》て何ですか？

——その前に月琴《ユエチン》が吟唱する叙事詩ゆうか、神話についてちょっと説明しとこ。ミヤオ族《ズー》の神話、神の世界、どういうもんか……。平岡、これ自分の推測やけど言《ゆ》うて話してくれた。もちろん叔母さんは、神話の急所、肝腎なとこ隠して話しよった。いくら平岡、月琴《ユエチン》の夫やゆうたかて、そこまでは話せん内容やし、それに事の性質上言葉で説明できるもんでもあらへんさかいにな。そやからこっから後は叔母さんの説明に平岡の解釈の加わった話ゆうこと忘れんといてや（ついでにオレの粉飾も）。

聞一多《ウエン・イートゥオ》が偉大な学者やったん、彼の推理、龍受申《ロン・ショウシェン》の言《ゆ》うたことに止まらんかったからや。龍《ロン・》受申《ショウシェン》も知ってて恐らく隠したんかな。ヒョウタンに乗って洪水から生き残った兄妹の話、ミャオ族《ズー》に今も残る口頭伝承、それが伏羲《ふくぎ》・女媧《じょか》ゆうこと、これを彼はまず突き止めた。ミャオ族《ズー》の洪水神話の兄妹、兄はブーイ、妹はクーエやった。ブーイ、漢語の対音（transcription《トゥランスクリプション》つまり他の言語に書き直したもんの意や）、それに直したらフーシつまり伏羲《フーイィ》やし、クーエはクエつまり媧《クワ》や。女媧ゆうんは女の媧ゆう意味やで女媧についていては「媧」だけ考えたらエエんやて。さらにそっからこれらの伝説や神話に見られる以前の、原初の神話、彼は取り出したんや。それこそ虹雲《フンユン》の巫術《ふじゅつ》やし、風の声でもあるし、ひいては『西遊記《シーイウチィ》』『金瓶梅《チンピンメイ》』の秘密や。

――いよいよですね。

――伏羲《ふくぎ》・女媧《じょか》の二人が人類の始祖ゆうことなってるけど、聞一多《ウエン・イートゥオ》は古代の壁画や青銅器なんかに描かれた絡み合う二人の人頭龍身像、これに着目して、彼らはもともと一つの神格やったて結論した。洪水から生き残ったん二人やない、一つの神格が残ったんやて。問題は伏羲＝女媧に仮託された神のこと、その神格や。伏羲は「包犧」とも書かれてて、「包《ハウ》 bao」は「瓢《ヘウ》 piao」に通じ、「羲 xi《シー》・犧 xi《シー》」も「戯 xi《シー》」に通じるし、三世紀頃の字書『広雅』には「戯《キ》」は「瓠《コ》 hu、瓢《ヘウ》 piao なり」とあるんで、伏羲《フーシー》ないし「包羲《パオシー》」はつまるところ「瓢《ピャオ》」であり「瓠《フ》」、ヒサゴ、ヒョウタンなんや。「瓠《コ》」と「瓢《ヒョウ》」の違いは切り方の違い。タテに切ったんが「瓢」で柄杓《ひしゃく》になって、そして横に切ったんが「瓠《コ》」、飲みモンなんか入れる容器やな。さらに女媧の「媧《クワク》 wa」が「瓜《クワ》 gua、瓠《クワク》」に通じるん考えたら、伏羲・女媧からたった一つ、「瓜《うり》・瓠」つまり「ヒョウタン／葫蘆《ころ》」に行き着くんが分かるんやろ。

要はな、漢字にこだわらんと音《おん》に着眼（正しくは、〈着耳〉かな？）するんや。眼やのうて耳がここでは主役なんや。ヒョウタンも「瓜」「蘆」も中が空洞ゆう共通点がある。そやさかい神の乗り物でもあったんやけど、同時に中が空洞ゆうんは、子宮、女性性器の象徴でもあるんや。ミヤオ族《ズー》の楽器、「芦笙《ルーション》」つまり「蘆笙《ルーション》」やったん思い出してんか。彼らの楽器の名前、意味深長やろ。も一つ、大事なこと。『尚書』や『史記』にあるよに彼らが皆《みんな》「風」姓ゆうこと、何意味してる思う？

——もう付いていけませんわ。

——風、水、石、は、皆《みんな》大地の豊饒、象徴してるし、これこそ農耕民族の神、神格なんや。母なる大地がすべて生むゆう信仰や。石が孕み、風が生み、水が育てる、ゆうとこかな。龍、トーテムにしてるんかって水崇拝と強い関わりあって、大地母神の崇拝と同《おんな》じや。（そやけどこれってアニミズムに近いんちゃうやろか）伏羲《ふくぎ》・女媧《じょか》は『山海経《せんがいきょう》』なんかに人頭蛇身てあるけど、蛇は龍やろ。ミヤオ族《ズー》が

「断髪文身」やったんも、自分の身体、蛇《へび》化させて見分けつくようにゆう、先祖への配慮からなんや。匈奴《きょうど》かて、龍、トーテムにしてるん、もと農耕民族やった証拠。匈奴がミャオ族《ズー》起源ゆうんも、あながちこじつけやないんや。龍は水の神やし水は大地の象徴やしな。聞一多《ウエン・イートゥオ》ってすごい学者やろ。

——なんか出来すぎですね、「聞《ウエン》」ゆう名前も。

——聞《ウエン》？「聞く」か。ほんまやな。そら気ィつかんかったわ。

——「聞一多《ウエン・イートゥオ》」、この名前、訓読したら「聞くこと、一に多し」、もっぱら聞いてばっかし、ゆう意味になりますしね。

——やりすぎやで。

——『西遊記《シーイウチィ》』と『金瓶梅《チンピンメイ》』、どうなってるんです。

——『西遊記《シーイウチィ》』はな、世界の起源語る作品なんや。ミャオ族《ズー》の開闢《かいびゃく》神話、あの中に込められてるんやて。孫悟空は風によって石から生まれた。風によってゆうとこが大事なんや。「山上に一塊の仙石がございまして、それが卵をうみましたが、風にさらされて石猿がかえりました」てその第一回に書いたる。それにな、桃は西王母《せいおうぼ》に象徴される大地の恵みや、その桃食べて西王母に追っかけられるんやけど、桃が女性原理の象徴やったら、ミャオ族《ズー》、李（すもも）姓名のるんも、よう分かるやん。女性原理の優位性、その名残はっきり『西遊記《シーイウチィ》』には書いたァる。三蔵法師のお父《と》っつァん、陳光蕊《こうずい》ゆうんやけど、おっ母《か》さんの方がちゃんと選んでるんやで。陳光蕊は科挙に首席で合格して（これ、「状元」ゆうんやけど）、お披露目に都練り歩いてたら、偶々《たまたま》宰相の門前通りかかり、令嬢、光蓮を見初めるんや。「令嬢は光蓮を一目見るなり、人なみすぐれた人材、これぞ本年及第の状元よと心中いたく喜び、すかさずまりを投げおろすや、あたかもよし、光蓮の烏紗帽にあたった。と、たちまち笙簫の音さわやかにおこると見るうち、十数人の婢妾、楼からおりて来て、光蓮の馬のくつわをとり、邸内に迎え入れて縁組みすることになった」

――ミャオ族《ズー》の「イウファン」、思い出しますね。

――ミャオの文化ではあくまで女性中心で、男は言《ゆ》うてみたら飾りもん。現代でもミャオ族《ズー》では女性が大きい力持ってるし、特に男選ぶんは女の方や。そやけどもっと強烈なんはオスの悟空が桃こっそり食べて、その罪で天上追われるゆうこと、これって、男性原理が女性原理凌辱したこと、母系制から父子相続制への転換ゆう歴史的事実に対応するんとチャウやろか。太古の母系制社会が男性原理に蹂躙された記憶の形象化ゆうことにならんやろか。

――桃のミャオ族《ズー》が猿の漢族《ハンズー》に凌辱されたゆうことですか。

――ホンで、そのあと悟空が天竺までの旅の苦役強いられるゆうんはすなわち女性原理を凌辱した人間の運命暗示してる。孫悟空懲らしめたん西王母《せいおうぼ》やし、道中の苦難助けんのも、女性の姿した観音やゆうとこにも、女性原理の優越性よう表れてる。その意味で『西遊記《シーイウチィ》』、ミャオ族《ズー》の創造神話換骨奪胎《パスティッシュ》したもんなんや。

――でも、女は悲しいですね。自分の生んだ男に蹂躙される運命なんですから。

――よう読んでみ（ゆうても目で読むんちゃうで）。『西遊記《シーイウチィ》』にはな、ミャオ的要素がちりばめられてる。もちろん仏教的要素に粉飾されてるけど、読もう思たら読めるんや。月琴《ユエチン》唱《うと》てたミャオ族《ズー》の民謡な、「石に花咲き、猫に角生え」てゆうんは、大地に花咲かせるため、ミャオ族《ズー》はいつまでも角ォ生やして反乱するでて。そんな風に聞こえへんか。

――それは民間語源説の類いでしょうね。

――ケッ、聞こえるもんにしか聞こえへんのや。そやさかに「奥義」ゆうんや。聞《ウエン》教授、さすが暗示するだけにとどまってるけど、こっからが『金瓶梅《チンピンメイ》』つまり男女の話になるんやな。中国の神話、始祖の神、まァ西王母《せいおうぼ》にしとこや、それに創造された男女、初めは兄妹やった。子ども増えるにしたごうて近親婚禁じたゆうことになってる。そいで人類が始まるんやけど、大事なんは男女の交わりに秘められた意味なんや。中国の俗語でな、男女の営みを「雲雨《ユンユゥ》」ゆうねん。『金瓶梅《チンピンメイ》』にイヤゆうほど出てくる語や。「雲」と「雨」ゆうたら風が原因やんか。男女の交接は風ゆうこと。「風月《フォンユエ》」とか「巫山」ゆう語にも男女の関係示唆する意味ある。これが伏羲《ふくぎ》以下「風」姓やったことのホンマの意味。

――よう、分かりませんけど。

――『金瓶梅《チンピンメイ》』が『水滸伝《シュイフウチュアン》』の主人公の一人、虎退治の武松《ぶしょう》の話から始めてるんは、『水滸伝《シュイフウチュアン》』つまりミャオ族《ズー》への鎮魂歌、引き継ぐ意図明らかにするためやし、西門慶《せいもんけい》めぐる「金・瓶・梅」の三人の女性、第五夫人藩《ファン》金蓮とその侍女春梅が、第六夫人李瓶児と対立する構図、そのまま漢族《ハンズー》とミャオ族《ズー》の対立連想させるやんか。「ファン」は「漢《ハン》」やし「李」はミャオ族《ズー》やろ。西門慶ゆう男へのイニシアチブめぐって漢族《ハンズー》とミャオ族《ズー》の二つの民族が闘う姿見えてきいひんか。西門慶ゆう男、主人公なんかやあらへんで、あらァ完璧に女に振り舞わされてるだけの情けない男や。女の色香に迷うてアッチ行ったりコッチ行ったりしてるだけの甲斐ショなしや。あくまで女性原理の優位性貫いてるんや、あの作品は。

　第二夫人にも李嬌児ゆうて、「李」姓の女性がいる。その姪の李桂姐、母親は足萎えやし（巫女チャウか）、「南曲《ナンチィ》」つまり南方の歌うまいんで有名でな、こんな歌唱《うと》てる。「烹龍炮鳳玉脂粒《ポンロンパオフォンイイジーリィ》、羅幃繡幕《ルオウェイシウムウ》圍香風《ウェイシアンフォン》。吹龍笛《チュイロンティー》、撃鼉鼓《ジートゥオグウ》、皓歯歌《ハオチーガー》、細腰舞《シーヤオウー》」ある日本語の訳者「龍鳳あぶれば玉脂《あぶら》はむせび、羅幃繡幕《きぬのとばり》に香立ちこめる。笛を吹き吹き亀鼓《たいこ》をならし、いきな小唄になよなよの舞」て冗談交じりに訳してるけど、巫術《ふじゅつ》のやり方述べた歌ともとれるんや。「二人が巫術に熱中する際は周囲の帳に香を立て、次に笛と太鼓を鳴らし、歌を唱って舞い踊る」ゆう具合にな。そいで李瓶児やけど、彼女の場合もっとはっきり巫術に触れたァる。「燈光影裡《ドンクアンインリィ》、鮫綃帳内《チャオシアオチャンネイ》、一来一往《イィライイィワン》、一撞一冲《イィチュアンイィチュン》。這一個玉臂忙揺《チョイィガイィピマンヤオ》、那《ナァ》一《イィ》個金蓮高挙《ガチンリエンカオジー》」この「金蓮」、女性の名やない、ただ足のことや。薄明かりの燈火のもと二人の身体、踊るように行き来して、腕あげたり足あげたりする方法具体的に記したるやろ。それから二人、だんだんトランス状態に入ってくんやけど、そこに神の声、託宣が耳に届くゆうんや。「這一個鶯声嚦嚦《チョイィガインションリーリー》、那一《ナァイィ》個燕語喃喃《ガイエンイィナンナン》、山盟海誓《シャンミンハイショ》、依稀耳中《イーシーアルチュン》」ちょっと難しいんは「依稀耳中《イーシーアルチュン》」やけど、「依稀《イーシー》」は恍惚状態になること、「耳中《アルチュン》」は神の声が耳ん中響くゆう意味やろな。

巫術《ふじゅつ》を読み解くんには老子が参考になる。はっきり書いたァるさかいにな。「谷神《こくしん》は死せず、是《これ》を玄牝《げんぴん》と謂《い》う。玄牝の門、是を天地の根と謂う。緜緜《めんめん》として存するが若《ごと》く、之《これ》を用うれども勤《つ》きず」これも男女の交合、巫術に関わるもんや。「谷神」て、女性の生殖器でこれが天地の根源なんやて、当たり前やろ。「玄牝の門」、月琴《ユエチン》が痛がって、平岡入るのに苦労した門もこれやったな。人が連綿と現代まで続いてきたん考えたら、老子先生の言《ゆ》うこともっともなことや。こんな風にな、『金瓶梅《チンピンメイ》』て巫術、記した書として読めるんや。それに男と女の秘事どこまでも描いてる点でホントにミャオ的やないか。オレな、「イウ・ファン」て、ランコウやったんチャウか思てるねん。

——ランコウ？

——そや。男と女、好き勝手に交わる「乱交」や。ひそかに思い寄せる男に言い寄る絶好の機会だけやのうて、中年の奥さんがイキのええ男、つまみ食いする場でもあったんチャウかてな。

——「祭り」て、だいたいそういう場ですよね。無礼講《ぶれいこう》の。

——そやからな、国家ゆう制度、根本から揺るがすことになるやんか。国家ていっつも結婚や一夫一婦制ゆう制度こしらえて、男女の関係、囲い込もてしてる。ほっといたら、「性」はいつかて、放縦性ゆうか、その過激性のせいで、体制揺るがすことになりかねへんしな。そやけど、性は生や。男女の交合の中にこそ、生のすべてあるんチャウやろかて平岡は言《ゆ》うんや。それが『金瓶梅《チンピンメイ》』に秘められた虹雲《フンユン》の巫術《ふじゅつ》の意味なんやて。

「男女ノ交合ヲ通シテ（平岡、オレにかてイタリア語か普通話《プートゥンフア》でしか話さへんのや）、宇宙的時間ヲ一挙ニ回復スル巫術ニ参与スル、世界ヲ分有スルコトガデキル。ソコデハ、マタ、生ハ風ダ、ツマリ、歌声ト同ジヨウニ、刹那ニスベテガ回帰スルト同時ニ、ハカナク消エルモノトイウヨリ、ハカナク在ルモノダトイウコトガ開示サレルノデス。〈ハカナク〉〈在ル〉、ツマリ、風ニ乗ル歌声ノヨウニ、マサニ〈ハカナサ〉ノ中ニコソ、〈在ル〉コトノ本性ガ開示サレル、感得サレル。コレハ、イクラ言葉デ説明シテモ分カッテイタダケマセン」

――私にもよう分かりません。

――「息」ゆうたら分かるかいな。要は世界統《す》べる原理は「歌声」みたいに眼に見えんもんゆうことや。眼に見えへんけど確かに感じられるゆうか、出来事として起こってるんは間違いないんやけど、すぐにはかのう消えてしまうもんでもあるゆうことや。文字の対極って考えたらもっとエエかも知れん。「風」は「息」やし「声」なんや。文字が歴史、創造したゆうんは言い換えたら、時間造り出したゆうことや。古代の時間は円環的時間なんてよう書いたァるけど、あんなん嘘やで。円環的時間やったら現代でも日々の営みや季節の循環、生死の繰り返しん中に見ることできるやんか。それって結局、直線的時間からの類推でしかあらへん。古代のホンマの時間はな、円環やない。直線にしろ、円環にしろ、空間的表象免れてへんやんか。「流れる」とか「過ぎ去る」ゆうんもそや。けど時間が空間とチャウて、もっと根本的に別なこと意味してるんやろな。

――どんな意味です？

――言《ゆ》うてみたら〈総時的時間〉やな。言葉では表象でけへんけど、無理に言い当てようしたら、〈総時的時間〉ゆう言い方いちばんマシな気ィする。

――総時的時間？

――そう、総時的なんや。時間は。

――過去は現在でもあり未来でもある？

――そうゆうこと。時間は常に一つの出来事なんや、「唱《うた》う」ことの中ですべての時間回帰させる。刹那に永遠が宿る。文字によってはゼッタイ表象でけへんこと、「神」て書いたかて、誰にも神々しさないやろ。古代人が畏怖してたカミの片鱗もないわな。それと同《おんな》じで、時間は書かれた文字ん中にはあらへん。逆に言《ゆ》うたら書かれた文字こそ一直線に流れる時間、造り出したんや。書いたもんなら、いつまでも残りよる。「過去」に書かれた文字、誰にでも同《おんな》じ表情見せる文字。それ、見てる感覚が持続する流れる時間造り出したんや、直線的時間の観念でっちあげたんやな。そうゆう意味では、「歴史」て、文字の嫡子やんか。編年体で記された歴史、何年にそれが起こって、翌年これが起こる形式、これが人間の「歴史意識」規定してるんやけど、時間てそんな風に継起的に流れるもんやない、「記憶」かてそんな具合に整理されてるもんやないやろ。去年の出来事でも印象深いんは鮮やかに思い起こされるし、一ヶ月前の晩飯、何食べたかよう覚えてへんやんか。

――そうですね。ただ漠然とそういうこと、「あった」て確信してるだけです。

――記憶の遠近法て、年表のように秩序立ってるもんやあらへん。もっと変幻自在ゆうか、模糊としたもんや。有り体《てい》にゆうたら思い起こすこと、その行為ん中に刹那にワッと蘇生するんちゃうやろか。心鎮めてじっくり思い起こしてみィ。紙に書かれた年表ゆう意識取り除いて、静かに思い出してみィ。過去は……。

そう言いつつ眼ェ瞑《つむ》った。小説家も同《おんな》じように黙って眼ェ瞑る。沈黙が続き世界は闇に閉ざされ、バーテンの声や周囲の物音だけ、耳聾するように響いてくる。真っ暗な闇の彼方、もっと静寂に満ちた大きな闇が一面に広がってる。いや、「彼方」やない。闇の奥ゆうたらエエんやろかて、そう思た刹那、空間の観念が急速に曖昧になってく。眼ェ瞑って感じてる世界に空間なんてあらへんし距離もあらへん。周囲の音だけが刹那満たして響いてる。

――過去は記憶ん中にある。けどそれはトランプのカードみたいに、一つ一つ並べていけるもんやない。記憶は刹那の出来事や。そやのに……。

写真家と小説家、同時に眼ェ開ける。

――人は過去の中にカードが一枚ずつ並んでる思てる。それが「歴史」やて。白い紙に年号と事件、順にはっきり書いたァるさかい、文字によって記されてるさかい、過去ってそんな風に一様に並んで保存されてるもんやて、そう思てる。けどそれって忘れることとチャウんか。ケルトの宗教僧、ドルイド。修行僧たちにけっして文字教えんかったんやて、記憶力衰えるし、何より記憶することの意味忘れてしまうよってにな。カエサルの『ガリア戦記』にそう書いたァる。刹那にすべて包んでる声、その声に宿ってる時間の本性、それまざまざと感得する力、思い出すゆうホンマの力、人忘れてしもたんや。文字ゆういつでも誰んでも同《おんな》じ顕示すもん見てるうち、声に宿った時間の本性思い浮かべるん忘れてしもたんや。思い起こすゆう力もなくしてしもたんや。何千年も経つ間に文字文化ん中に棲息してる間、とうとう人は忘れてしもうたゆうことまで忘れてしもうたんやな。

——〈忘却の忘却〉ですね。

今を満たしてはかなく消える声、時を超えて形骸さらす文字。

——エエか、起こったゆうんはもう今はないゆうことや。過去は消え去るんや。もし思い起こすゆう行為なかったら、過去なんてどこにもあらへん。そやのに年表見てるうちに、その年表の中に過去が蓄積されてるて、人、思うようになったんや。今でもちゃんと調べさえしたら、過去そこにあるんやって、エエ加減なこと考えるようなったんや。

写真家、グラスの氷見ながら続ける。氷は灯りに反射してキラキラ輝いてた。

——お言葉ですが、ちょっと反論させて下さい。十年前の今日の晩ご飯、一ヶ月前でもイイですけど、何食べたか誰も再現できんのでしょ。そやったら自分の経験してへん出来事、一五六〇年に桶狭間の戦いが起こったて思い出すことできるんですか。

——一五六〇年に桶狭間の戦いが起こったてか、それ何やねん。ただ一五六〇ゆう年号と桶狭間の戦いゆう名詞結びつけてるだけやんか。年号と文字、ただ結びつけてるだけや。そんなとこに過去も歴史も記憶も何もあらへんのや。

——でしょ。そやったら私の二代前の先祖、祖父と祖母、これは四人おりまして、十五代前の先祖、2の十五乗人つまり三万二千七百六十八人。一世代三十年で数えたら、ざっと四百五十年前。戦国時代に、今の私にDNA伝えることになる人間が三万人以上いたんです。そやけど、私、彼らのこと何も知りません。永遠に知ることできんのと違いますか。そのうちの一人、足軽か何ぞで、桶狭間の戦いで膝射抜かれてウメキながら死んでったかも知れんのに、そいつの苦しみ思い出すことどないしたらでけるんでしょ。

——そやから巫術《ふじゅつ》やないか。虹雲《フンユン》の巫術の中でそれが可能になる、ゆうんとチャウんか?

——普通ならできんこと、その交わりの中で恍惚の刹那にパッとフラッシュバックするんですか。時間が継起的秩序やのうて、別の秩序持って、全時間が刹那に回帰するゆうことなんですか。

——そんなん、オレ知らんがな。ただ、聞いたこと口にしてるだけや。ホンマのとこは月琴《ユエチン》にでも訊いてみんと分からんわな。

——それって、トテツもない反「歴史」的発想ですね。そう考えたら歴史家が想定してる「歴史」なんて子どもの遊びみたいなもんやないですか。

——お前さんの言《ゆ》うてる先祖の足軽な、彼のことどの歴史書にも載ってへんやろ。彼の足の痛み、「あった」ゆうことさえ忘れられてるんや。今のお前さん支えとるはずやのに。しかも十五代遡らんでも、五代前でエエ、そこには三十二人の先祖がおるし、トータルしたら六十二人やのに、「神統譜」ゆうたら一本の糸みたいに一人ずつつないどるだけや。六十二引く五、あとの五十七人はどこ行ったんやて考えたら、「神統譜」がでっちあげゆうこと、すぐ分かるわな。

——そうですね。

——ただ言えるんは、オレたち、個体に幽閉されてるさかい、それ超えた発想なかなかでけへんゆうことや。それにな、思い起こすゆうんは難しい行為やで。思い起こす時だけ過去は蘇るなんて、七面倒くさいと同時にはかないもんやろ。音楽のメロディー、物理現象としては、刻々に消え去ってしまうさかい、はかないゆうんやない。メロディー耳にするもんには圧倒的な感情はっきり喚起されるんやけど、それって感得しようて思う人間にしか感得でけへん性質のもんやからや。記憶は記憶自体の力では蘇らへんのや。つよい衝動か、そうやなかったら、偶像や文字に頼らなアカン行為なんや。そこに一つ難しさがある。それだけやない、人の魂の中に起こる出来事でしかないからでもあるんや。外に取り出して人に見せたりでけへんし、文字に刻んだら、様子変わってしまうし……。そら、そういう意味やったら、過去は年表ん中にあるて考えとく方が安心やわな。誰にでも同《おんな》じような姿見せてくれるし。エエか、魂ん中にメロディーが喚起する情動の世界って、そんなん文字文化の人間からしたら、無の世界言《ゆ》うてもエエもんや。世界支える原理、まったく逆さまなんやから。

そう言《ゆ》うて写真家、顔上げる。小説家が応《こた》える。

——古代の人間、現代人とまったく異なる時間世界に生きてた言《ゆ》うん簡単ですけど、ホンなら何で直線的時間、人は生きるようになったんかて誰も説明してくれませんしね。そんな遙か昔の誰も調べられんし思い出すこともでけんこと、問題にしようてする人もいませんよね。文字資料ないし考古学的資料もそんなこと教えてくれませんし……。

——「実証的」な「学問」の対象なんかに、到底ならんわな。そやけど「過ぎ去った過去」て何や気味の悪い言葉や。底なし沼に石ころ沈んでくみたいな、いつまで経っても底にたどりつかん気持ちの悪さ、あるわな。

——自分が自分であるちゅう一体感持てるん、過去の自分の記憶やのに、永遠に思い起こせへん。一年前の晩飯みたいな、消え去った記憶の底なし沼が、自分支えてるんて、ホンマに気味悪ーい気ィしてきますね。（ビールの泡見ながら、ため息つきとなる。過去はどこへ行ったんや……、自分はどこにあるんやろて）

——『金瓶梅《チンピンメイ》』にな、春梅の将来占う呉神仙《せんにん》ゆうんが出て来るんやけど、呉《wu》ゆう姓、「無《wu》」、意味してるんやないか。ミャオ族《ズー》で呉姓《ウー》名のるんが多いんも、つまるところ「無《wu》」暗示してるとも言えんことないやろ。もちろん唱《うた》い踊る民族やしゆうんもあるやろけど、「舞」も「wu《ウー》」やし、「巫」も「wu《ウー》」やしな。そやけど西門慶や金蓮たちはかない末期迎えるゆうことだけやのうて、漢族《ハンズー》の文化が文化なんやったらそんな転倒した文化や世界、「無」に通じるだけやて、『金瓶梅《チンピンメイ》』、教えてくれてるんやないやろか。逆に漢族《ハンズー》は漢族《ハンズー》で、ミャオ族《ズー》の信仰世界なんて、「無」みたいなもんや思てるけど……。

平岡こうも言《ゆ》うてた。三峡《サンシア》ダムやディズニーランド開発、アメリカとの共謀やったな。中国とアメリカ、体制や経済めぐって腹のさぐり合いしてるけど、かつて中国共産党と国民党、裏で手ェ握って聞一多《ウエン・イートゥオ》、暗殺したみたいに、両者相《あい》協力してミャオ族《ズー》殲滅計画実行してるんや、て。

そうゆうたら以前江沢民《チアン・ザーミン》、アメリカ訪問した姿、テレビで見たんやけど変な違和感あったんや。後で気ィついたんはその背広姿なんや。彼、今ではよう背広着てる姿眼にするけど、考えたら中国の国家主席で、背広着たん江沢民《チアン・ザーミン》が最初チャウやろか。毛沢東《マオ・ザードン》も周恩来《チョウ・エンライ》も鄧小平《ドン・シャオピン》も誰も背広なんか着んかった。ネクタイも締めんかった。これ一事見ても江沢民《チアン・ザーミン》の西欧文化への傾斜よう分かるわな。アメリカゆうても国家や。ミャオの反国家的な信仰ほど恐ろしいもんない。ミャオの教えは漢族《ハンズー》、漢文化だけやのうて「有史」以来、文字による国家、歴史、文化、一挙に無化させるもんやしな。これがホンマに中米両国が手ェ握り合ってる理由なんや、て。

――寝てる子を起こすゆうわけですね。そらァ、都合悪いですやん、特に大国にとっては。そやけど忘れてること思い出したらどうなるんです。忘れてしもてることやさかい、思い出しようもあらへんのですけど。

——そんなん知らんがな。平岡の言《ゆ》うとった叔母さんの言葉、こんな風に翻訳できるやろな。笙《しょう》の音《ね》、けっして音符に書き留めるんも口でまねするんもできんように、言葉でもゼッタイ記すことでけへん。巫術《ふじゅつ》は巫術の一回性の中でだけ開示されるんや。筆記された文字、刹那にすべて開示する歌声とは根本的にチャウ。両者はっきり違《ちご》てる。ミャオ族《ズー》は文字と戦ってきた。その経過が殷墟から、皮肉なことに明らかになったんや。皮肉な、ゆうんはモノである文字、そんなんとは無縁なミャオの信仰が遺跡ゆうモノによって明らかにされようとしたからや。隠されてたもんが思い出される。そんなもんがあるゆうその「痕跡」だけ明らかになってしもたんや。人々が文字文化生きてまだ数千年にしかならへん。そやけどそれ以前に文字のない人々の生活何十万年も続いてた。その人たちの子孫が我々やのに「有史」以前の「未開な」「野蛮な」てさげすんで、倒錯した文化創ってきた。有史以来の歴史繙《ひもと》いたら分かるんは、明けても暮れても「戦い」「闘い」の連続。なんで人間てこうも戦わなあかんのやろ。それ、引き起こすもんこそ民族や言語や国家チャウか？　せやさかい記された歴史て闘いに満ち満ちてるんや。ミャオは〈風〉みたいに生きるん選んだ。それ、信仰て呼ぶ必要あるやろか。漢族《ハンズー》がミャオ滅ぼすことできるんはミャオの神殺す時、巫女の一族殲滅する時やろけど、同時にそれ、彼らが自らの首絞める時でもあるて思うな。

月琴《ユエチン》、もう生きてへん気ィしてくる、何デヤロ？

――平岡はな、勘づきよったんチャウか、思てんねん。龍受申《ロン・ショウシェン》と同じよに女《おんな》な。そやさかい『金瓶梅《チンピンメイ》』読んでも背後に隠されたもん読めたんやで、きっと。

――その巫術《ふじゅつ》の奥義ですか？

――塗り香による月琴《ユエチン》との交合な、あれ、巫術に関わるもんやったんやな。お前さんのさっきの言葉借りたら〈思い出すことを思い出した〉てとこかなァ。そや。あいつ、面白《おもろ》いこと言《ゆ》うとったで。叔母さんの口から思いもかけん言葉飛び出した時、正確には花琴《ファチン》の訳した普通話《プートゥンファ》から言《ゆ》うべきなんやけど、それ、耳にしたときから、何か落ち着かん気ィしてた。

「虹雲《フンユン》の巫術は世界とは風だということを教えます。人間が生きるとは、生とは風だということなのです」

一瞬、閃光が眼の中襲う。愕然としてしもた。

「feng shi feng, feng shi feng,…」

〈風是風〉つまり〈風は風〉ではなく、「風是生《フォンシーション》」あるいは「生是風《ションシーフォン》」、「風とは生、生とは風」やったんや。あの歌声はミャオの巫術唱《ふじゅつうと》うたもんやったんか。

そう思い至った時、さらにうろたえるほど愕然としなアカンかった。月琴《ユエチン》いつもミャオ語で唱《うと》てたけど、あの歌だけミャオ語やなかった。普通話《プートゥンファ》やった！　その意味、翻然と理解されたんや。溢れ出る涙とともに……。月琴《ユエチン》伝えようてしてたんや。父親が理解したみたいに夫が理解してくれるん念じて、声振り絞って唱《うと》てたんや。そやのに少しも気ィつかへんかったなんて。月琴《ユエチン》、去ったんも絶望したさかいや。夫が一番大切なことちっとも理解せェへん、こんな切ないことってあるやろか。オレはバカや。大バカモンや。こんなことに今まで気ィつかんかったなんて……。もう何言《ゆ》うても遅い。遅すぎる。絶望して去って行ったんや。きっとそうなんや。オレ、棄てられたんや……。

5

——平岡氏、気の毒ですね。

——そこ、ちょっと考えチャウんやけどな、まァエエか。あいつ、ジプシーつまりロマ人みたいな放浪生活してるやん。けどな、一つだけ自慢してエエとこあるでて誉めたったんや。税金払《はろ》てへんこと、国家にだけは奉仕せんと生きてるとこやって。

——その考え分からんでもないですけどね、そやけど平岡氏、税金払わんと国家の寄生虫みたいに生活できるん、税金払《はろ》てる人がいるさかいやし、国家が管理してるシステムあるさかいチャウんですか？

——その批判、当然やな。仰る通りです。そやけどな、強力な軍隊持った国家ちゅう管理システムに個人が反抗するんやったら、フェァになんかやってられへんやんか。イスラムがアメリカにテロで対抗するんも、湾岸戦争見たら分かるように、マトモに武力で向こたら勝てへんからや。アメリカ、世界一の軍事大国やからな。そやったら国家に反発するんも平岡みたいに、個人ができることゆうたら、あんな風にせめて税金でも払わんと生きることくらいや。ちょっと腹いせするぐらいってとこかな？

――当局は痛くも痒くもないでしょうね。

――そりゃそやろ。

――まァ国家の争いに巻き込まれ、恋女房奪われた平岡氏やし、人生代償にしてるんですさかい、それぐらい許されることとしておきましょう。

――話変えるよやけど、あの「禹《う》」てな、これも風と違うやろか。

――発音が違うんでしょう。（にべもない返事）

――音《おん》やない。漢字の形や。禹《う》の甲骨文字、「虫」と一緒や。「風」て、「凡」に「虫」やんか。関係あらへんのやろか。伏羲《ふくぎ》も女媧《じょか》も龍、蛇で表されるんやろ。「虹」も「虫」偏やし、「祀《まつ》る」も「巳」、「へび」や。「へび／巳」の音は「シ」やけど、甲骨文字では「己」つまり「キ」やさかい、「夔《キ》」でもあり、それに「鬼《キ》」やんか。「鬼《キ》」て中国ではspirits、精霊の意味やし、spiritの語源は「息」やしな。spirits含んだ風が土地に宿ったら風土、風光になり、モノに籠もったんが風物、人やったら風格になる。食べ物では風味。風が「モノ」の固有性引き出すゆうか生み出すんや。漢字の世界てミャオ的気配に満ちてるやんか。

――「気《キ》」でも「棄《キ》」でもある。

——そやな、「声」は「息」つまり「気《キ》」やし、人類が洪水に遭《お》うたゆうんも桃の実のなる楽園から見「棄」てられたゆうんでもあるわな。

——なかなか奥が深いですね。漢字一つで。ほな「樹《き》」でも「黄《き》」でもあるゆうんは、どうです？

——アホか、それ和訓やろ。中国語の音から来たんチャウわ。

——恐れ入りました。

——おちょくったらアカンで。まじめに話しとんのに。

——陶淵明の「桃花源の記」てミャオ族《ズー》の伝承違いますやろか。「桃源郷《ユートピア》」に「桃の花」咲いてるなんて、それらしいですやん。「桃源郷」の住人てたしか農耕民族っぽかったですしね。それに陶淵明かて屈原なんかと同《おんな》じ南方出身でしょ。

——広州《クワンチョウ》から海南島《ハイナンタアオ》に行く途中にな、陽春《イアンチュン》てとこあって、桃の産地で有名なんや。見渡す限りの桃畑。桃の香りが風に染み込んでたな。春に行ってみ、最高やで。

老子や荘子の思想、タオイズム「道教／daojiao《タオチャオ》」ゆうけど、桃のミャオ族《ズー》のこと考えたら「桃教／taojiao《タオチャオ》」て見てやりたいな。老子の本名、李耳。名が耳や。こんな変な名前、ふつうある訳ないやんか。たいがいの本には、生まれつき耳が大きかったさかいて書いたァるけど、そりゃウソやで。はっきり文字文化、眼に対する当てつけやんか。そう思わへんか？

——漢族《ハンズー》に対する？

――そう。それに荘子かて「斉物論第二」で、風わざわざ三種に分けて、風こそ万物生む根元やてはっきり言《ゆ》うてる……。叔母さんの言葉もうちょっと伝えとくわな。

「私たちの生は文字には載りません。恋人の優しい息づかい、温かい肌の手触り、それが筆に尽くしがたいものであるのは自明の理ではないですか。文字は世界を昆虫の標本のようにピンで留めてしまいます。書籍は糟粕《かす》だと荘子は言いました。化石と化した知識を運ぶだけの文字文化に、なぜ人々はアクセクするのでしょう。それこそ権力という力でしょうか。土地を支配し歴史を作り出す文字の力でしょうか。禁断の果実の味を知った者は、もはや一番大切なことを忘却し、権力という果実に舌つづみを打つようになるのでしょう。それこそ人としての堕落にすぎないのに、自分たちをすぐれた存在だと錯覚するのです。世界は腐っています。けれども私たちが播《ま》いた種なら、果実を摘み取るのが私たちであるのもまたやむを得ないでしょう。でもたとえおいしくとも、腐った果実は腐っているのです。

忘れてはいけません、思い出して欲しいのです。古代は私たちとともにあることを、場所や歴史を超えて、過去は生きています。私たちの歌声の中に、魂の中に、私たちが生きている限りは、記憶はイキイキと生きているはずなのです。そこには、古代とか、太古とか、異郷の神とか、そんなこざかしい区別は消えています。その大切な〈人の歴史〉、文字が作りあげる歴史の始まる以前の〈人の歴史〉、それを忘れてしまっているのです。その〈時間〉の中にこそ、人として生きるべき、本当に大切なことがあるのに……。でも言い当てる言葉はありません。〈風〉だからです。消え去ってしまう声だからです。

消え去るものの中にしか宿り得ないもの、それが人にとって一番大切なことだったのです。ミヤオが『うた』を愛する理由を分かっていただけますか。月琴《ユエチン》があなたに唱《うた》いかけた理由に思い至ってくれますか。月琴《ユエチン》の内に蘇っている声は、いま、ここに、イキイキと、聞こえるはずなのです。平岡さん、あなたはそれを信じてくれますね。月琴《ユエチン》が伝えたかったのは、ただただこの世界なのです」

　月琴《ユエチン》の思い出の蘇るん感じるみたいやった。思い出を自分に植え付けてくれた、そう素直に思えるような気ィしてくる。大学で何とのうやってる研究なんかどうでもエエことやったとはっきり感じられてきたんや。今までやってきたことなんてみんなどうでもエエことやった。一番大切なこと忘れてただアクセクアクセク何してたんやろて、そう思うようになってた。

　　風は生《フォンシィション》なり、風は声《フォンシィション》なり　風は笙《フォンシィション》なり　生は声《ションシィション》なり
　　生は声《ションシィション》なり、生は性《ションシィション》なり、風は芳《フォンシィフォン》なり　生は豊《ションシィフォン》なり

第六章　京　都

1

――花琴《ファチン》さん、どないしたんですか。ローマで平岡氏と一緒にいたゆうロマ人の女性、花琴《ファチン》さんやないんですか。

――知らんな。第一、花琴《ファチン》の顔見たことないもん。ところで、どやこの話小説のネタにならへんか。

――あきませんね。

――何でや。

――そやないですか。叔母さんの言《ゆ》うみたいに歌声、文字には載らんのでしょ。風は書くもん中にないんでしょ。それにそんな話、公表したらドラゴンや平岡みたいになりますやん。ＣＩＡやら漢族《ハンズー》やらミャオ族《ズー》につけ狙われて、暗殺されたり、亡命したり、てなことになりかねんやないですか。

——確かにな。そやけどそれらしいこと書けるやろ。

——いいですよ、もう。それより、生《せい》が声《せい》で、言葉で捉えられんもんゆうんでしたら、生（life）がlive（生き生きしたもん）なんに対して、国家（state）がラテン語のstatus（静止した）から派生してるゆうんはどうですか。

——なるほどな。

——ロマ人って、アジア人に似てますよね。色が浅黒くって。

——奥行きの深いのん、ヨーロッパだけやない、中国かてけっこうそやで。オモテ向きは謹厳実直に道語る道学先生、儒教精神やわな。彼らの書くに値するて思ったんが史と詩、つまり歴史と漢詩や。そやけど、それあくまでオモテ向きの話で裏では、『金瓶梅』『紅楼夢』『聊斎志異』みたいな艶文学の伝統あるし、またお化けや幽霊の跳梁跋扈《ちょうりょうばっこ》する魏晋南北朝の志怪小説、唐代伝奇もあるやんか。その代表が「四大奇書」やけど、もっとおもろいんは儒教で排除された「愛」と「神秘」、それが伝奇小説ん中で渾然一体化してるゆうとこや。そしたら奇書ゆうか俗文学ゆうか、その世界とミャオ族《ズー》、パラレルに見えてきいひんか。

——どういうことです。

——頭の悪いやっちゃな。科挙によって採用された政府の官僚、為政者が漢族《ハンズー》の儒者てするやろ、そしたらミャオ族《ズー》と俗文学、どっちも国家によって排除されたもんゆう性質、持つやんか。てゆうことは俗文学の担い手イコールミャオ族《ズー》ゆうことになる。施耐庵《シー・ナイアン》や羅貫中《ルオ・クアンチュン》だけやあらへん。『紅楼夢』の曹雪芹《ツァオ・シュエチン》もミャオ族《ズー》の流れ汲む者《もん》やったゆう説、立てられへんことないやろ。紅楼の若き主《あるじ》、賈宝玉《チア・パオイ》、はっきり男性社会への嫌悪吐き出してるしな……。

ひげ面の男なんか何も分かってへん。「文官は死を賭けて君主を諫めることを、武官も敵と戦うことだけに命を賭け、この二通りの死に方だけが、丈夫（一人前の男のことや）の名を後世に残す死に方だと思いこんでいる」て、愛人たる襲人《シーレン》に語りかけるんや。「私など、もし死ぬのなら、あなた方がいるうちに死ぬのが本望だ。私のために流してくれる涙が、大きな河となり、その上に私の屍を浮かべて、鴉や雀も寄りつかないもの寂しい土地に送り届けてくれて、ついに風化してしまうことができたら」これほど幸せなこと、ないんやて。清王朝、その儒教体制への苛烈な反語やないんか。虹雲《フンユン》の情による道学先生への痛烈な皮肉や。

しかもな、『紅楼夢』は英訳本では、The story of the stone て訳されてるように、もと『石頭記《いしのほとりのおはなし》』ゆう題やった。「水の滸《ほとり》の伝《おはなし》」、『水滸伝《シュイフウチュアン》』意識しとる。明らかにミャオへの鎮魂歌、いやミャオ文化への推参書やんか。それに宝玉の姓、「賈《チア》」は「仮《チア》」、つまり仮のもん、「無」と一緒やて、ちゃんと本の初めに書いたァるしな。宝玉の親戚の男、最初に出て来るんやけど「葫蘆《ころ》荘に身を寄せている貧書生、姓が賈《か》で名を化《か》、呼び名を飛、号を雨村」ゆうんや。どや、それらしいやろ。ヒヨウタンに雨やて。それに「飛／fei」に「非／fei」がかけたァって、みんな、「無」の世界に通じるんや。百歩譲ってな、別に彼らがミャオ族《ズー》でのうてもエエ。『西遊記《シーイウチィ》』に代表されるみたいこれらの作品、もともと講談から生まれて来たんやった。講談て語りやないか。ミャオズーの「声」の文化ん中から彼らの奉じる愛と神が頭もたげてきた、そう見ることでけへんか。

ミャオ族《ズー》、「族《ズー》」ゆうさかいおかしんで、ミャオ的性癖、ミャオ的傾向、どう呼んでもエエけど、元来漢族《ハンズー》と同《おんな》じやったなら、正に彼らは敵対してたゆうより補塡し合ってたゆう方がエエかも知れん。人間の性癖、大きく分けて二つあるとしィな、漢族《ハンズー》の「ハン的性向」と「ミャオ的性向」のな。合理的側面と非合理的な側面、男性原理と女性原理でもエエ。それら、どこでも補塡し合って文化創ってんやけど、どないしても時代下がって頭ようなってきたら、片方だけで生きられるみたいな顔して、一方排除しよる、それが人類のたどって来た道なんや。

——かなり大胆な説ですね。

——そやから別に固執せえへんけどな。

——「実証」は無理ですわ。

——何やそれ皮肉か?

——飛んでもない。堅苦しい学者先生の論文よりよっぽど面白《おもろ》いですよ。

——別にそんなんと比べて欲しないわ。

——じゃついでにこんなんどうです。孔子ミャオ族《ズー》説ゆうんは。

――何でやねん、孔子って漢以後の国家体制の基盤作った儒教の始祖やないか。それに、「怪力乱神を語らず」で神話的世界を否定した人物やで。

――そうです。けど「要は見方」やったら逆とも言えません？　怪力乱神否定したゆうん、ミャオ族《ズー》の神秘的世界守るため、いわばその世界カッコで括ってしもうた。「外側」として排除したんもそれ守るためやったて……。

――ムゥ……。

――儒教の始祖として、漢王朝以降の帝国の基盤造ったゆうん、あるいは神の世界、排除して「内側」もっと強固にしたゆうんは「外側」の忘却いっそう促すことでしょ。それってつまり人間にとって第一義的な神の世界の忘却、作為的に加速することでもあった、そして漢族《ハンズー》の帝国に堕落に向かう種ひたすらばらまいたとも……。

――そりゃ面白《おもろ》すぎるで。まァ仮説としたら耳傾けるくらいの価値あるけどな。孔子の肩持つんやったら「丘《きゅう》」ゆう名前がある。甲骨文字では「」、中が窪んでるやろ。当然女性の身体を思い出させるし、「孔子」の「孔《こう》」かて、「孔《あな》」やんか。「丘陵」ゆう熟語見ても分かるように、「丘」は「陵《おか》」で「みささぎ」つまり「墓」にかかわりがあるんや。それだけやない。母親が尼山《じざん》に祈って生まれた子なんで、字《あざな》、「仲尼《ちゅうじ》」ゆうんやけど、「尼」ゆう漢字、「僧尼」の意味で使うんはとんでもないこじつけで、「安んじる」「和す」がもとの意味や。何でそんな意味かは字のカタチ見たら分かる。「匕」に「尸」が、上から覆い被さってるやろ、これ男女が接するんで象《かたど》ってて男女が仲好うすることや。そやから「尼山」て男女が交接する山、「丘」指してる。ほんで孔子は名を「丘」、字を「仲尼」ゆうたんや。「巫山《ウーシャン》」が男女の交わり暗示する語やて前にも言《ゆ》うたけど、「尼山」かてそうや。どうも孔子の母親は巫女やったみたいで。こう見たら孔子もミャオ族《ズー》や言《ゆ》うてやりとうなるやんか。

——驚きですね。でも「尼」から連想したら「巫」て、「工」の間に「人」二人向き合《お》うてるカタチやないですか。「工」は糸巻き（神懸かりの踊りん時に持つ呪具でしたよね）、それ挾んで男女が正面から向き合ってるカタチて言えんことないですか。舞踏ゆうか、神懸かりの踊りゆうか、そんなん象《かたど》ってる……。

——ム？「尼」がバックやったら「巫」は正常位やてか？

——そんなこと言《ゆ》うてません！

——それにな、音楽愛した孔子、「述べて作らず」でけっして書かんかったゆう事実あげてもエエ。『論語』、弟子の記録集やし、『詩経』や『尚書』も編纂しただけや。書物書いたヤツらの方がよっぽど胡散《うさん》臭いわ。特に司馬遷。「歴史」ゆう概念確定しよったん、アイツやさかいにな。エエ例あるんや。堯《ぎょう》、舜《しゅん》や禹《う》に仕えた「弃《き》」、号を「后稷《こうしょく》」、その末裔が周王朝作ったんやな。何でこんな変な名かゆうたら、母親が郊外で巨人の足跡見て、それ踏んで身ごもったんやけど、父親の帝嚳《こく》、この子「棄」てたからなんや。孔子の編纂した『詩経』には「それこの子を隘《せま》き巷《ちまた》に棄ておくに、牛羊、かばいて養いぬ」であるのに、『史記』になったら「街の中の隘《せま》い小路に棄てたが、通り過ぎる馬や牛が、みな避けて通った」どうや。「牛羊、かばいて養いぬ」と「みな避けて通った」ではエライ違いやろが。『詩経』にあった神秘性、見事に歪曲されてるやろ、合理的解釈によって。司馬遷のやったことてこんなんや。こんなんを「歴史化」言《ゆ》うてきたんやなァ。

——なかなか博識やないですか。

——なに皆《みんな》平岡からの受け売り。

——漢族《ハンズー》がミャオ族《ズー》、ホロコーストできんかったん、彼らの隠してる口頭伝承に関心あったからでしょ。関心あったゆうんはミャオ族《ズー》の伝説の方に真理あるて直観してたから違うんでしょうか。もしかしたら、自分たちの歴史は神を欠いてる、ある本質的なもん欠いてる、そうゆう根源的不安があって、それでミャオ族《ズー》ひつこく追い回したんやないでしょうか。

——フーン、漢族《ハンズー》はミャオ族《ズー》を追いかけることで根源の不安を解消しよてしてた、ゆうわけやな。そしたらミャオ族《ズー》の反乱と漢族《ハンズー》の攻撃、彼らの戦いの意味もチャウように見えてくるやんか……。戦いゆう形で彼らコミュニケーションしてた、生きることの根源に向こうて対話してたゆう風に。

——ていうより、「抑圧されたものの回帰」て言えるんやないですか。幽霊がなんで怖いか、それは葬った者の再来やからって説明する人もいるんです。今の話聞いてて思い出しました。

——何や、その「抑圧されたものの回帰」て。しょうもない言葉だけよう知っとんな、お前さん。

――イヤなもんとして無意識の彼方に追いやったもん、それが再現してくるさかい人は恐怖感じる。神経症をそう説明する学者もいてます。漢族《ハンズー》がミャオ族《ズー》恐れて必要以上に撲滅しよて躍起になってたんも、「抑圧されたものの回帰」ゆう精神分析の言葉で言い当てることできるかも知れんて、ふとそないおも思たんです。

――それフランス人の説やな。

――ドゥルーズ／ガタリの『アンチ・オイディプス』の中にもありましたけどもとはフロイトです。

――オーストリア人でも、フランス語ちょっと知ってるヤツの説やな。

――何でです？

――フランス語で幽霊のこと **revenant**《ルブナン》、ゆうんや。**revenir**《ルブニール》の現在分詞で、**revenir** は再び来る、戻って来るゆう意味。**venir**《ブニール》は英語の **come** や。フランス語の幽霊は同時に「再び戻って来ること」なんや。そこから来た連想チャウんか？

――なるほどね。

――そやそや、思い出したけどな、平岡、オレが「ミャオ的性向」のこと言《ゆ》うたら、フン、ゆう顔しとったで。恐らくそんな「説」では何も説明したことならん、思とったんチャウやろか。いや、説明色んな風にできるんやけど、そんな説明から抜け落ちるんが人間、生身の人間や。生きて、悩んで、死んでく、人間の生き様。それが「説明」には欠けてるて思てたん、チャウやろか。平岡の月琴《ユエチン》に対する愛情、仮に愛情としてや、それかて「愛情」言《ゆ》うたシリから、指の間からポロポロ落ちてしまいよる。チャウもんなってしまう。言葉なんて、所詮言葉にすぎひん。歌ん中にしか、唱《うた》うシリから消えてくその声ん中にしか、あいつの月琴《ユエチン》に対する想い宿ることでけへんて、そう思とったんチャウやろか。

——悲しいことですね。

——悲しいか？　オレなんか羨ましいわ。そう思て生きられるだけでも幸せやな。

——平岡さんが幸せやなんて、それこそ、フン、言われそうです。どう考えても彼、不幸な人やないですか。

——そやろか……。

2

と、こんな小説を書きたいと思っていた小説家はタバコの火を消して妄想から帰って来る。

風の噂では写真家はあいかわらず、女の尻を追い回し、例の道を尋ねたイタリア女性、ちゃんと名刺を渡してその後もコンタクトを取ってて、ついにはモノにし、今ではウンブリアにある大きなお城に住んでいるという。けれども小説家の方は、書くことの意味（無意味？）を悟ってか、もしくは錯覚してか、とうとう筆を折ってしまった。そしてイスタンブールで土方をしているとも韓国のチェジュドウでタクシーの運転手をしているとも、はたまたイタリアのポンペイで平岡と一緒に観光客相手の通訳をしているとも、それぞれまことしやかに語り伝えられている。

読者のあなたの知らないことを、語り手の私が知るよしもない。

しかし、幼い月琴《ユエチン》は、今この刹那にも、巷に産声《うぶごえ》をあげ、愛しい平岡と恋に落ちるだろう。そこにまた悲しみがふくらみ、物語の糸が紡《つむ》がれ始めるのだ。

著者注　物語はすべてフィクションであり、現実とは一切関わりがありません。苗族の言語・風俗・民話は

『惠水苗族』（贵州省苗学研究会惠水県分会編―贵州民族出版社一九九五年刊）
『百年高坡―黔中苗族的真实的生活』（潘年英著―贵州人民出版社一九九七年刊）
『廣東風物志』（花城出版社一九八五年刊）
『贵州風物志』（贵州人民出版社一九八二年刊）その他を、

また聞一多に関しては、

『聞一多全集』（民國叢書　上海書店一九九一年刊）
『中国神話』（聞一多著・中島みどり訳　平凡社東洋文庫一九九一年刊）

を参考にしました。なお、作中『西遊記』『金瓶梅』『紅楼夢』の日本語訳は、平凡社の「中国古典文学大系」のそれぞれからとりました（一部改変したものもあります）。記して感謝します。その他、多くの書を参考にしたことを付け加えておきます。

あとがき

自分の書いた作品には、強い愛着を感じるのと同時に、その欠点が誰よりもよく見えるように思えます。

『当代伝奇／かすれる声』は二〇〇〇年の春に書かれ、その後、フロッピーの中に眠ったままでしたが、この度、萌書房代表の白石徳浩氏の強い慫慂によりようやく陽の目を見ることになりました。その意味で作品の良き理解者を得たことが何よりも嬉しいことです。白石氏からは多くのご教示を得たことも記しておきます。

『当代伝奇』は、その後、三部作となり、『当代伝奇Ⅱ』と『Ⅲ』とが書き継がれました。世界の動きの中で東アジアの地政学的な位置がどのような意味を持ち、どのような役割を果たすか、二十一世紀はまだまだ始まったばかりです。これからも歴史と時代の中で、「世界」を見つめていきたいと思います。

二〇〇二年七月

著者

▒著者略歴

立 花　涼（たちばな　りょう）

1950年，京都市生まれ。大阪外国語大学中国語学科卒業。京都薬科大学，愛知女子短期大学，名古屋女子大学などで，表現論，創作論を講じつつ「創作活動」に従事。

当代伝奇／かすれる声

2002年10月20日　初版第1刷発行

著　者　立 花　涼

発行者　白 石 徳 浩

発行所　萌《きざす》 書 房

〒630-8213　奈良市登大路町11-1 登大路プラッツ4F
TEL & FAX（0742）23-8865
振替　00940-7-53629

印刷･製本　共同印刷工業・藤沢製本

ISBN4-86065-003-4